거푸집 연주

거푸집 연주

김 정 환 시 집

창비

차 례

서시 007

제1부 ___
독수리 010
귀 013
이것들이 인간 죽음에 간섭 014
황인숙 중부식자재 할인마트 가격 027
조각의 언어 031
국광(國光)과 정전(停電) 034
Amazon.com 마분-골판지 포장 박스 035
장모 승천 038
수박색 샤프펜슬 041

제2부 ___
목제가면 046
양수겸장 048
여성 모델의 언어 050
폭설의 아내, 안팎과 그후 052
다시 읽는『지구 위의 생물』 060
늑대 동거 071
선물과 명작 074

서울특별시 용산 4지구, 남일당, 355일,

샂, 샂, 바람 소리 076

제3부 ___

음악의 세계사 그후 080

고향 친구 096

길을 감싸안다 097

공백의 횡재 100

봄비 104

그 여자네 집 106

제4부 ___

전집의 역전 110

생가 128

한강을 건너며 129

新宿, 신주쿠, 밀주 132

매혹 134

보유: 착한 윤리와 시의 시사(時事) 138

해설 | 황현산 146

시인의 말 159

서시

이제는 너를 향한 절규 아니라
이제는 목전의 전율의
획일적 이빨 아니라
이제는 울부짖는 환호하는
발산 아니라 웃는 죽음의 입 아니라 해방 아니라
너는 네가 아니라
내 고막에 묻은 작년 매미 울음의
전면적, 거울 아니라
나의 몸 드러낼 뿐 아니라, 연주가 작곡뿐 아니라
음악의 몸일 때
피아노를 치지 않고 피아노가 치는 것보다 더 들어와 있
는 내 귀로 들어오지 않고 내 귀가 들어오는 것보다 더 들
어와 있는
너는 나의
연주다.

민주주의여.

제1부

독수리

잘난 사람들은 모른다
내 날개가 바로 어깻죽지의
운명이라는 것을.
날아오르는 날개는 없다.
내 무게보다 더 무거운 어떤
떠받침이 있을 뿐.
숭배보다 더한
그 무엇이 있을 뿐.
지상의
짐승의 시체를 파먹으며
내 날개가 느끼는 것은
유가족 집단의, 집단적인
위의(威儀).
산 귀 속 슬픈 노래와
죽은 귀 속으로
살아남는 선율의.
그 사이 벽의.
그 벽인 나의.

꿈 언저리 머나먼
가족의 악몽의.
내가 산 개구리를 한입에 잡아먹지 않는 것은
털도 없이 뙤약볕을 받는
그의 점액질
면적이 죄다 생명이기 때문이다.
그의 면적은 그의 세계다.
아무리 생각해도 공간이
순서를 닮지 않는다. 오히려 내력의
그림이 공간을 닮는다.
현재는 시간의 질서지만
내 공포에 비린내가 없다.
날개로 하여
내 몸은 부사다.
삶이 삶이기 위하여 때로는
죽음의 껍질이 되고
죽음이 죽음이기 위하여 때로는
가장 떨리는 그

X-레이를

나는 안다. 비로소 퉁퉁 부은

발이 보일 때

때로는 비로소

발이 퉁퉁 부어 보일 때

나는 가위눌리는 식사

준비를 한다.

잘난 사람들은 원두커피나 끓일 때

내 식사에는 아무리 모여도 범죄의

구성이 없다.

잘난 사람들은 그것을 악기라 부른다.

귀

가는 비는 세상을
씻어내리지 않고 세상을
적시지 않고, 가는 비는 세상의
귀지,
제 몸에 귀를 기울이는
귀지,
가는 실잠자리 가는
장구채 위에 내리는
가는 비는
귀지.

이것들이 인간 죽음에 간섭

1. 모기, 내가 간섭

너는 이상한 나라 이상한 체위를
무슨 결심하듯
경배하듯 허공에 단 한번
손뼉 짝 박수를 치고
속도와 방향의 운이 좋은 그사이 나는 죽는다.
눈 깜짝할 사이고, 합장이다. 운이 나쁘면 내가 긴 다리를
더 쭉쭉 뻗으며 죽음의 고통을 맛볼 수도 있다.
착하다면 네가 연민을 가질 수 있지만
그건 '뒤늦은'보다 '하마터면'에 더 가까울 것.
그렇지 않더라도 내 다리의 기나긴 경련은
너나 나나 속수무책일 것이다.
바퀴벌레 같은 소리.
네 말마따나 목숨은 기계와 같다. 다만
거기까지만 너의 말,
나의 정신을 보지 못한 네가 정신을 잃는 나의
순간을 보았을 리 없다. 그 순간

너의 시간은 흘러간다. 위태하다. 째깍째깍 나의 육신을 찢어발기는

의성과 의태 모두.

나의 시간은 명멸한다. 그 명멸 속으로 나도 명멸한다. 명멸이

원래 나의 삶이기도 하였다는 생각. 정신을 잃으며

시간은 누구에게

빚인가.

너는 이상한 장소 이상한 시간이다.

너의 계단은 불안하지만 불안은 나의 계단이다.

2. 거미, 그렇다면 나도 간섭

기억은 호시탐탐 육체의 지위를 노린다.

육체보다 더 똘똘 뭉치고

내 생각에 여기서 죽음이 삶과 갈라진다.

너무 똘똘 뭉쳐 확연한 기억의 바깥과 접근

불가능한 기억의 핵심이

모두 죽음이라는 거지.

그러느니 나는 파경의 좌우도 포함해서

기억의 실타래 풀어

집을 짓겠다는 거지. 신경망보다는

살림 가재도구 배열에 더 가깝게. 그리고

시간을 끝없이 줄이는 망원경(광년, 별빛은 언제

어디서 오고 우리는 어디로 어느 만큼)으로

그것을 곰곰 들여다보는

것과 일이 죽음이라고 한번 해보자는 거지.

아무래도 집은 불가사의할 수 없다.

과학도 배꼽이거니 할밖에 없다.

바람은 이따금씩 불어

내 집 내 줄 내 몸을 스친다. 그건 나의 연주다.

나를 연주하는 것 아니라

내가 연주하는 나의 연주다.

우주 같은 소리.

3. LP 음반, 마땅히 간섭

검음 속으로…… 그렇게 말하며 검은 LP 음반은 검은
제 몸속으로 검은 소리 골을 낸다. 검은
고급 오디오 문제가 아니지. 토목공사를 전면 중단한
내 이빨은 하루 종일 달그락대며 바야흐로
무너지는 중이지만
내 귀의 나이는 뭔가 긁히는 잡음까지 걸러낸다.
음악 얘기도 아니. 음악의 바깥이 끊기고 내부만 남아
가장 공간적인 모양으로 가장 시간적인 것의
시치미를 떼는 그것. 도무지 그전과 그후가 없는
(죽음 그후라면 모를까) 그것. 블랙홀이
빅뱅 이후이자 이전이라는 주장의
현현인 그것. 솔깃 아니라 검음의 아우성 귀를
빨아들일 것 같은
태도와 자세의 그것. 빅뱅을 이야기로 블랙홀을
에세이로 바꿔도 사정이 비슷한 그것. 안팎은

서로 낯선 채 시답잖은 예상이 너무 맞아떨어져
불길한 새해 첫날 언저리를 닮으면서도
아름다움은 내용을 극복하는 형식의 조화다……
그 전언 검은 명백인 그것.
발의 본성으로 육체가 정신의 두려움을 이기는
탐험의 세계가 아직 남았는가? 그 질문도 검은
명백이다. 아주 먼 곳의 '조차'가 없는 아주
오래전 같기도 하다.
영생이 야만이고 죽음이 문명이고
이야기이던 길가메시의. 세상이
거북등처럼 보였던 지각의
까닭이 있는. 이파리가 영원히 푸르른
생명을 뜻하게 된 엽록소의
까닭이 없는. 목숨을 다스리는
생리가 삭제된. 바닷속 총천연색
물고기떼 아니고,
본능 꿈틀거리는 깊은 바닷속
빛인 어둠과 정반대인. 어떤 품사도

아무 방향도 위치도 없는. 빛은 종말이다,
그 내색이 너무나 아무렇지도 않은.
난해의 명징. 명징의 난해. 너머만 있는.
노년은 가장 명징한 수난이다, 그 내용을
명징성만 남은
영원의 형식, 영원인 형식에 달하게 하는.
드러나지 않고 드러내지 않고, 다만
들여다보게 만드는
'음반＝음악＝평면＝세계'.
언뜻,
응집이 확산하는, 해체인 중심의 광경.
검음 속으로. 그렇게 말하며 검은 LP 음반은

4. 수의 역사, 역사적으로 간섭

역사가 숫자로 전락하기 전에
없음이 있는 수의 숫자 제로는

빼기로 도구 만들고 나누기로 분업하고
직립한 무릎 상상력으로 엘리베이터 만들고 눈과 서리,
기쁨과 슬픔의
높낮이를 재는 중력에서 도시와 농촌의 오늘날
가벼움의 민주주의에 이르는 동안
통계가 전체를 닮으며 미래를 부르고
도표가 지도를 새로 만드는
수의 역사를 따로 챙겼다.
양은 수의 몸이고 질은 그 배꼽이고 질량은 무게의
배꼽이지. 도량형과 미터법,
세상을 제 안에 담았고, 바야흐로 세상 바깥과
마음속이 모두 계량화한다.
이야기는 원래 해체지만
수라는 무늬의 추상화 해체되어
기억력만큼은 두뇌보다 더 우월한 컴퓨터 0과 1의
디지털로 되는,
간단히 말해 손가락이 손가락을 이용하던 수판에서
숫자가 숫자를 이용하는 컴퓨터로 되는 그 이야기는

수백만년 동안의 배꼽, 화석연료, 검고 따스한 눈물의

고체 석탄은 물론,

육체언어 온기가 죽음에 이르는 낭만발레와

백년 동안의 잠이 몸의 교향곡을 낳는

고전발레까지

제 몸에 아우른다. 제로는 들여다볼 수 있는 죽음의

무늬이자 전망. 삶의 온갖 진보가

소용돌이칠수록 초라해지는(러시아혁명, 피로 빚은

우울의 보석) 운명을 그것은 날 때부터 벗어나 있었지만

그렇더라도 태어난 이후 그 전망의 발전은

변형으로 부를 정도로 놀랍지.(무슨 소리,

문제는 언제나 전망이다) 우리가 흙으로 돌아간다면

수는 우주의 언어로 남는다.

그러고도 신비에 달하지 않는다.

회전 기능을 맡은

척추도 있다.

5. 간장게장 게, 자네라 부르며 간섭

날 이리 해놓고 자네가 웬 게거품?
내 껍데기 딱딱하다지만 이깟 것 날 보호하기는커녕
바닷물 속 내 몸속으로 두루 퍼진 한기를
딱딱하게 만들었을 뿐이다. 지금 좀 낫군. 간장 속은
바닷속보다, 식탁 접시 속은 간장 속보다 더
따스하다. 몸이 풀려. 나도 웬 자네 호칭인가 싶더만.
무슨 소리. 죽음은 지방자치다. 내가 아무리 굶어도
내 살을 어떻게 먹겠나. 내 살이 내 살을 먹는 거지.
그중 누가 죽고 누가 살고가 어딨겠어, 먹히는 놈도
지가 먹는다고 생각할걸?
꽁지건 딱지건 발톱이건 지들 알아서 할 일,
구멍도 구멍이 알아서 하는 판에 말이지.
내게 나의 생명이란 건 오로지 옆으로 설설 기는
네 쌍 발걸음뿐. 을러대는 집게발은 그냥
포즈일 뿐. 나 같은 부류 누구든
네 쌍은 인생이 네 겹이고, 이제 그 짓

끝날 모양인지

그것도 모르는 일이니

나를 더 여러 겹으로 갈가리 쪼개주게.

질긴 목숨 산 채 독한 간장 속 느리게 끊어져

생긴 울화의 맛? 밥도둑? 무슨

인간 간장게장 씹는 소리.

더 짜고 더 검은 바다라 난 죽음의 천국이라고

잠시 착각했구먼.

근데 자네 지금, 살아 있는 건가,

날 이리 저질러놓은 건 자네 맞는데?

6. 매김씨, 전략적으로 간섭

아저씨 이 길은…… 택시가 평소 잘 안 다니던 골목길로

접어들자 그렇게 물으려다, 입을 다물었다.

큰길보다 조금만 작은 길

교통도, 주택도, 눈도, 오가는 행인들도 아주 조금만

작은 길이었는데, 그래서가 아니라 멀리

정면에 구멍가게 하나 나타나 내 말을 막았다.

가장 작은 LG

슈퍼마켓보다 더 작은, 아니 낡은 기와지붕

같고 먼지 낀 유리창 밑바닥 닳고 닳은 나무 미닫이문

같고(그런데도 삐걱대는 게 열리기보다는

안 열리려 삐걱대는 것 같지)

사이다에 어울리는 크라운 산도나 미루꾸, 누가 정도고

고급이라고는 기껏해야 연양갱 껍질 벗긴 윤기 나는

검음일 것 같은

구멍가게. 그것이 내 말을 막았다.

먹고살 만한

도피는 물론

공포도

대안이랄 수는 없지. 먹고살 만하다면

죽음의

전략만 못하다.

시대가 우리를 삭제하려는 건 일단

좋은 일 같아…… 곧 조금 더 멀쩡한, 크게 막히는
큰길 나왔고 그 구멍가게 그 말로 내 실종된
의문부호를 잇다가,
이전도 이외도 아닌
매김씨 되었다.

7. 늙은 몸, 뒤늦고 주제넘게 간섭

늙은 몸은 간간이 늙은 몸속이다. 어떻게 보면
투명한, 이게 무슨 소리지? 어떻게 보면 무덤이라는
소리. 아직 광경은 생화학을 주재하는 두 손
(누구?). 육화인 성교, 그러나 무덤이라는
소리, 떨림의 몸. 아직 광경은 자연과 추상이
평면 속으로 색의 몸을 섞는
이야기. 그러나 죽음이라는
소리는 말씀의 집인 고요.
능력은 정신이 된 육체와 육체가 된 정신의

옷. 철새들이 하늘에 수놓은 지도를
맹금이 찢어발기고, 내 눈은 그것을
들여다보는 빛의 렌즈. 아니 그건 내 몸이지.
그래서 조금 덜 비린. 생명도 배꼽이 된 두뇌의
몸이었구나. 그 약동은 귀가 된 배꼽의
천지였구나. 기악은 웃음이자 눈물인 무용의
고전주의. 그러나
죽음이라는
소리는
거룩한 형식.
늙은 몸은 번번이 늙은 몸속이고
그게 소리다.
내 몸은 돌과 청동, 그리고 무쇠
상상력의
소리인 유리
의 소리.

황인숙 중부식자재 할인마트 가격

소설 속은 장님이다. 장님은 소설 속 귀머거리는 음악 속
음악 속은 귀머거리다. 왜 장님은 미술 속이 아니지?
경기도 김포시 대곶면 대명리 371
친구들 몇이서 그러나 단연 황인숙과
놀러 갔다. TV와 CD 문화를 약간 비껴
갯벌과 주방과 침실이 어울리는 펜션
노처녀와 수천년 신석기 갯벌이 서로를 약간만
밑돌아서 더 정갈한
살림은 아직 서울 쪽이라 서툴거나
휴전선에 너무 가까우니
수상해도 좋았다.
권위가 순결보다 더 순결한 때가 있다.
이를테면 6인 1박 2일분 구매를 마친
황인숙 중부식자재 할인마트

NO.	상품명	단가	수량	금액
001	GT우유3L	4,950	1	4,950*
002	프라임맥스1.6L	4,100	3	12,300

003	목장딸기요구르트225ml	1,700	1	1,700*
004	카스라이트큐팩1.6L	4,050	4	16,200
005	콜라제로1.5L	1,900	1	1,900
006	해표올리브유500ml	5,500	1	5,500
007	롯)게토레이C240ml	600	1	600
008	네스티레몬250ml	650	1	650
009	닥터유크래커	2,500	1	2,500
010	소백산영양란10구	2,500	1	2,500
011	참이슬프레쉬PET500ml	1,650	1	1,650
012	처음처럼640ml	2,100	1	2,100
013	로얄포카	3,500	1	3,500
014	맥반석오징어40g	1,800	1	1,800
015	오뚜기연와사비35g	1,350	1	1,350
016	해찬들사계절쌈장170g	1,000	1	1,000
017	순수양파2000	1,600	1	1,600
018	풋고추(국내산)	2,200	1	2,200*
019	삼다수500ml	500	1	500
020	페리오반원칫솔	2,900	1	2,900

021	김포햅쌀1kg	3,500	1	3,500
022	마늘(국내산)	1,000	1	1,000*
023	깻잎(국내산)	1,000	2	2,000*
024	적상추(국내산)	1,000	1	1,000*
025	삼다수2L×6	4,900	1	4,900

....

면세물품가액:	12,850
부가세 과세 물품가액:	60,864
상품가격에 이미 포함된 부가세:	6,086
합계	**79,800**

가격표는 가격이 아니지만
감사합니다, 상품번호*카드사용승인*기타
등등으로 지리멸렬한, 예비군 세월 같기도 한
사족을 빼고 약간만 더 밑돌면
가격은 시인이 희곡 대본을 쓰는
당당한 이유로 빛난다.
황인숙이 죽을지도 모른다는

생각을 한 적 있다. 그녀 살던 옥탑방
그녀 살던 중에도 가난으로 더
뾰족해졌지만
그녀 죽으면 시간이 옥탑방보다 최소한
1~2층 더 깊어지리라는
생각을 한 적 있다.
영원은 영원히 뒤로 가지 않는다.
우리 모두 사랑의 얼굴에 일순, 까마득한
혼비백산의 당혹,
서둘러 수습케 하던
기억 있다.
먼 훗날일수록 문득
더 가슴 아픈 기억 있다.
황인숙은 시 쓰는 바로 그 황인숙이다.

조각의 언어

흐르는 음악에서

건축인 음향을 뺀다면(그러니까 당신, 너무

덜컹대면 곤란하지. 무너진다.) 네 눈동자에 어린

내 얼굴 보고 내 눈동자에 어렸을 네 얼굴

생각하는 순간

그것은 탄생한다.(그러니까 당신, 너무 토라지면

곤란하지. 등 돌리면 평면은

아무리 깊어도 표정이 될 수 없다.)

나는 내 차원에서 너는 네 차원에서

움직일밖에 없지만 내 맘대로 움직일 수 있는

공간이 내 차원이고 네 맘대로 움직일 수 있는

공간이 네 차원이기에 그것은

끊임없이 세계의 주인공

모성 속으로 운동하는

중력의 댓가로 입체를 입는다.

피그말리온의 온기는 이미

발과 발.

말은 생각의 목소리고 언어는 생각이 말로 되는

순간의 생각이고
언어는 조각이다.
말씀의 생애가 펼쳐지기도 전에 말씀의
육체가 에로틱하다.
금이 귀하고 아름답다는
말이기도 전에(은은 말이 될 수
없어서 대낮보다 더 깊은 세월의 빛을 내지)
생각의 무늬를 만들고 조각을 모아
집을 지을 수도 있다. 건축이 아예 침묵을
거룩하게 만들기 전에
용어가 양식이고 장르이기 전에
우리는 어느새 시간을 조각한
광경이고 언어다.
그렇게 목구멍, 소리를 내고
음성, 그대를 알고
우리는 말이 된다.
그렇게 생명은 생명의 가상현실을 벗고
서로의 손은 서로의 그릇 너머 벌써

거푸집이다.

국광(國光)과 정전(停電)

어릴 적 국광 껍질 정말 타개졌는데 '타개지다'라는 말 어디론가 사라지고 내 생애의 껍질로 들어섰다.

저물녘 아이 부르는 소리 들렸다, 아직 날이 어두워지지 않았는데 어두워지는, 한, 오십년 전 골목, 어머니.

Amazon.com 마분-골판지 포장 박스

2002년 출판 하드커버 THE OXFORD COMPANION
TO TWENTIETH-CENTURY POETRY, 이건 1994년
같은 제목
페이퍼백의 리프린트, 책값이 십만원에 육박하는데
2007년 출판 하드커버 THE CAMBRIDGE COMPANION
TO TWENTIETH-CENTURY ENGLISH POETRY,
이건
사전 아니라 본문 288쪽짜리 단행본, 이 책값도. 이런,
정말
옥스퍼드, 케임브리지 믿었다 쌍코피 터졌구나. 아마존
광고가 문제? 책 사는 데도 발품 안 팔면 안된다니까……
그랬는데 두 책을 담아온
Amazon.com
마분-골판지 포장 박스를 그 당장 버리지
않은 것은 우선 바다 건너온
그 노고가 신기해서였을 것이다.
노고는 노고다. 그 골판지 박스 억수 비
내리던 여름 비 잠깐 조금씩 베란다-마루

바닥 대신 맞고 쨍쨍한 가을 햇볕
해 뜨는 동쪽부터 해 지는 서쪽까지
하루 종일 착실히 쬐는 것 같더니
겨울 되자 동면에 들어갔다.
풍화의 시간이
언제 정지했을까. 너무 크고 두꺼운 1A1
그 옆에 그보다 작고 얇은 BY2
검은 눈 더 검고 크게 떴지만 죽은
눈이다. 착 달라붙었던 덮개 두장
휘었다 안으로 둥글게. 그 각(角), 날개의
기억 같다. 그리고
색, 국방 이전 야전이 변한, 거의
고동, 고전적, 채색으로는 불가능한
동면으로만 가능한
세파가 둥글게 하지 않고
세파가 둥근, 국방 이후
진흙과 군용 판초우의(雨衣)
워싱턴 한국전쟁 참전용사 메모리얼 파크

같기도 하다. 그러나,

그리고, 고동

색, 고전적, 그 안에 숱한 골판

우둘투둘이 산토리 위스키 히비키(響)

유리병 대(竹) 무늬, 선명하고

질서가 정연하다.

내 일상의 세월 도드라지는데

시간은 언제 이 장쾌한

겨울로 정지했을까?

그러나 노고는 노고.

Amazon.com 마분-골판지 포장 박스

지금 자리 약간만 벗어나면

보석이지만

내 앞에 두면 보석이 너무 거창할 것이다.

발품까지 팔면 정말 남는 게 없다.

장모 승천

1

내 주를 가까이하려 함은…… 비극적인 전문 합창단 찬송가

귀로 받으며 숨보다 더 고요하게 목숨 내쉬었으니 영락
교회 권사 우리 장모 분명 승천하였을 것이다. 눈이 위를
향했거든. 뭔가 내려오기는 내려왔을 것이다. 죽은 뒤
일을 죽은 사람은 알 길이 없다. 목숨이 눈보다 더 스르르
감기어 삼십년 넘게 같이 산 생의 삽시간 주검이 그렇게
낯설지 않기도 힘들고 무릎 꿇고 두 손 쥐고 눈물의 눈
포갤 듯 맞춰드리던 아내는 슬픔의 곱사등이 같다.
슬픔은 가장 평화롭고 아름다운 곱사등이 같다.

2

목이 쉬어 꼬부라지는 교회 봉사 합창단 찬송가처럼 한국
자연 산천경개와 안 어울리는 것도 없다. 그것을 아는
모양, 짙초록이 유리처럼 투명한 교회 묘지 동산으로 접어
들자 이제껏 잠자코 있던 대절버스 안 찬송가 소리 완연
전투태세로 돌입한다, 완만한 산경사 오르며 가파르게.

뭐, 이미 승천한 영혼의 육신이 이 정도 험한 꼴쯤이야.

미리 파놓은 구덩이 흙 위에 햇살 맑디맑다. 장인 사십년

전 이미 묻혔고, 장모 사십년 전의 곁에 누웠다.

3

장모 유품 가운데 돋보기안경을 빼면 웃통 벗고 낚싯대

아니라 잠자리채 어망 어깨에 걸치고 황혼녘 걸어가는

소년

풍경과 '16~20 April 1957 VIET-NAM JAYCEE'

글씨 새겨진 검고동색 장식함, 아니 손궤가 제일 그럴듯

하다.

군납업자였던 우리 장인 그 시절 벌써 해외 청년상공회

의소

회의를 들락거리셨나? 햇볕 쨍쨍한 통유리창 앞에서

손궤,

아니 장식함은 고전의 생기를 띤다. 쓸데없이 튀어나온

받침

테두리 없어지고 쓸데없는 세월도 간소화,

장인 장모 가장 잘나갔던 시절의
영혼만 담긴 모양이다.

수박색 샤프펜슬

'펜슬'을 뒤로 거느리며 '샤프펜슬'은 샤프보다
더 샤프해진다. 펜슬 심을 보면 더 그렇고 써보면
더 더 그렇다. 늘씬한 몸통은 물론 일 밀리 넘는 심을
clutch하는 방식 샤프도 스스로 멈출 수 없던 그
경향이 최근, 그러니까 약 삼십년 만에 멈췄다. 짙은
초록, 아내 표현으로 '수박색' 때문이다.
아내와 나,
우리 나이에 수박색은 노년으로
강건하다. 희망보다 사소한
그만큼 더 멀쩡한 그래서
좌절한 희망의 울화 아니라 보람 이후 보람의
음미 습관 같다.
보람이란 말, '이상적'과 무능을, '인간적'과 게으름을
단칼에 떼어놓고, 그렇게 된 게 아주 오래전 일이라는
내색의 단어처럼 보인다.
몸으로 때우면 된다는 생각과 애당초 무관한 수박색
샤프펜슬 가격은 오천, 팔천, 만원대 세 종류다. 최고가도
왕년 수집광 시절 클래식 CD 가격에 못 미친다. CD와

달리

　동종(同種) 샤프를 만개씩 사들일 정도로

내가 미치지는 않았다. 아내는 핀잔을 아껴준다. 내 것

아내 것 종류별로 사고 이런저런 연말연시 모임

선물 핑계로 몇번 살 때마다

'삥땅'을 치는

욕심을 내다보니 수박색 샤프펜슬

어느새 열개 넘게 모였다,

내 책상에 컴퓨터 무선마우스 쥐고 굴리는 내

오른손 바로 옆에.

경향을 멈추고, 수박색은 디자인의

계급도 파괴한다. 오천원대가 더 예쁘다.

더 짧은 것은, 실용도 계급 파괴라는 얘기. 그런가?

그럴 리가…… 그렇겠지…… 그런데…… 심이 나오는

필기의 앞을

수박색은 완만하게 좁아지는

세모꼴로 향하고 그런 샤프들이 각자 몸을 전체

부챗살로 모아

심들은 어딘가에 초점을 강력하게 맞춘다. (과녁이
아니다) 이거

였구나. 아름다움에서 아름다울수록 과거였던 과거
운명을 지워내는
시제(時制)의 디자인, 시제인 디자인, 그렇게 된 게 또한
아주 오래전 일이라는, 동시에
미래라는 디자인, 그렇게 미래인 디자인의
'우리' 없는 우리 '나라'의
그리고 우리, 나라의
광채
의 허상, 아직은. 왜냐면 수박색
샤프로 나는 쓰고 있다. 많이 쓰고 있다.
나는 늙지 않았다. 한달을 채 못 넘기고 또
부고를 받는 나이에 달했을 뿐. 아주 늙은 친척
어른이나 스승에서 느닷없이, 놀랍게도를 거쳐
빌어먹을, 후배까지. 수박색 샤프로는
쓰는 것도 보는 것도 듣는 수박색.
요새는 음악 쪽이 더 들리기도 하지만

그것도 듣는 수박색인지 모른다.

제2부

목제가면

가면도 이상한 가상현실이다. 식물의 죽음으로 완강하게
동물의 죽음을 밀어낸 목제가면
골격을 보면 더욱 그렇다. 식물의 꿈과 동물 알레고리의
응축인 인격보다 더 강력한 가상현실의
데스마스크를 목제가면은 구현한다. 훨씬 더 오래된
청동가면은 너무 크게 뚫린 눈이 장님 같다.
철가면은 일찌감치 감옥에서 베린 몸이지.
마치 얼굴에 쓰기도 전에 목제가면은
그것이 벌써 얼굴 피부로 들어선 것처럼
사로잡힘보다 더 딱딱한
운명의 거치른 느낌이다. 도대체, 그런 말과 목제가면은
백년은 넘었을 제 세월보다 더 멀리 떨어져 있다.
동시에 영원은 배꼽이다, 다름 아닌 나의. 거짓,
낮이라니.
신비는 놀이고 만물은 살아 있다.
사랑이 되는 성(性)의 울음과 웃음.
극심한 것이 이어지는 저만치서
극장이 오히려 가면의 몸이고 세계고

그 안에서 죽음은 생로병사를 닮으며 웃는다.

영화가 없는 극장 속

죽음이 있으므로 색은 늘 화려하지 않다.

그 밖으로 산더미만하던 배를 와락 껴안으니

불다 만 풍선처럼 푹 꺼졌던 그 Russian

virtuoso pianist, 이럴 수가

풍선 터진 지 벌써 몇년 되었다니. 저기 지붕 위

훨씬 더 작은

오색 풍선들 올라간다 숱하게, 가볍게, 출렁이며.

공기가 하느님의 상상력이라는 듯이. 물론

가벼워질수록 강해지는 것은 금속의 상상력이고

사진은 기묘한 가상현실이고.

양수겸장

책표지에 표지를 씌워 책
표지를 보호하는 표지, 미 구호물자나
주한미군 캠프 도서관,
DISCARDED* 도장 찍힌 그것을 벗기면 그 아래
책표지 수십년 간직된 수십년 전 처녀 같고
표지의 표지 속장 성글게 인쇄된 글씨

LIFETIME^R DUPLEX

SELF-STICK

ADJUSTABLE

Book Jacket Cover

BRO

DART

수십년 너머 처녀 같다.
이면과 내면의
양수겸장은 입히고 싶은
공공의상과 벗기고 싶은 프라이버시뿐 아니라

두툼이 튼튼했던 시절과 군사도 합리일 수 있는
미래의 합동까지 구현한다.

셀로판지로 씌운 하얀 책표지
표지가 있다,
셀로판지로 씌운 고동색 책표지
표지가 있다.
뒤엣것 앞엣것보다 좀더 노골적으로 있고 '노골적'은 아
무래도 조금
과거지향적이지만
이미 양수겸장이다.

＊폐기 처분.

여성 모델의 언어

자연 미인이나 성형 미인을 약간 비껴 여성 패션
모델의 언어가 있다.
그 비낌 아무래도 '패션' 자 떼어내야 할 것 같은 느낌
의 각(角), 쇄골 S라인쯤에서 출발하는 그 각을
따라가면 앙상해지며 움직이고 움직이며 앙상해지는
그 언어가 건축한다, 죽음 미화의
풍성의
응집 너머 육화를. 죽음을 능가하는 죽음
육화의 언어다.
지상에 건축되는 것은 예언일 뿐 성폭행도 성욕도 없다.
패션과 패션의 몸 사이 문상과 장례의 누추가 삭제된다.
death touch, 다이어트, 죽음 충동 같은 소리. 가난해서
달콤했던 삼립 크림빵 크림과 정반대 미학을 여성
모델의 언어는 구사한다. 육체의 반기(反旗)인
마임도 아니지. 죽음은 필경 2차원 깊고 깊은 평면에
매료, 육체는 필경 어떤 액체, 어떤 거웃과도 무관하다.
간간이, 기웃기웃, 지상 것 아닌 광채를 내뿜는
기괴가 기괴하지 않은 것이 그렇게 섹시할 수 없는 여성

모델의 언어는

건축을 능가하는 건축성에 달한다.

폭설의 아내, 안팎과 그후

눈 내린다. 눈보라 친다. 폭설이다. 걱정이 태산이다. 왜지,
이 밀려오는 것은 뭐지? 방학이라 아내 집에 무사히 있다.
한 아이 폭설 직후 귀가. 다른 한 아이 멀리 잘 도착했다는
전화 왔고 폭설 직전이었다. 가족은 다행이고 가정은 따
스하다. 창밖

폭설로 더욱. 가난의 추억으로 더욱.

오십견도 지나 아예 어깨가 들리지 않는 지금 창밖 눈보
라 속에

헐벗고 굶주린 누군가도 아니고 바로 나

지금의 나 아닌 내가 저 폭설 속에 몇십년 떨고 있는 것
이라는

이제사 생각은 슬픔이나 연민과 얼마나 다른가,

생은 열병도 파란만장도 없이 삼각형 모양

치솟는 것과 거슬러오르는 것과

내리막길이 하나인 방식으로 주인공을 자꾸 환생시키며

대대로 혹은 근근이 줄거리를 이어온 것이라는

이제사 생각은 뒤늦은 결심이나 더 뒤늦은 후회와

얼마나 다른가.

연금과 나이가 다르다.

책과 권이 다르다.

설날 하루 지났고 환갑 이년 남았다. 50년대부터 다시 시작할 수 없는

식구들도 폭설이다.

걱정이 생의 영역 아니라 생이 걱정의 영역인 것처럼

걱정은 밀려온다. 설은 얼마나 더 가면 죽을 수 있는지,

아니 죽은 것인지 가르쳐주려다 문득

그러느니 신생을 툭 던지고, 그러면 비로소 지금의 내가

저 폭설 속에 있는 듯. 식구들 소중하게 헐벗은 듯.

아내 말로는 꼬박 이년을 미룬 보일러 배관 동파이프

누수 검사가 내일 아침 일찍이다. 폴란드어 사전 허겁지겁

찾으니 매우 뒷부분 단어들의 용도와 빈도가

압도적이군. 부피 큰 사전이 독서대 위에서

한시간마다 명백히 왼쪽으로 쏠린다. 한시간마다 오른쪽으로

밀어놓지 않으면 떨어질 정도. 좌든 우든 기우는 것은 슬

품과

관계가 있다. '슬픈 폴란드'와 조금 다르게 그 관계가 방대한

사전의 완고와 자상의 균형을 미묘한 깊이로 흔든다. 동파이프

새는 곳은 만만한 첫째 방 문지방 민망한 바로 밖 단 한군데.

그렇게 선방하고 흐뭇한 중에도 아내와 나는 이유와 견해가

갈린다. 강화마루는 강화도 마루가 아니겠지. 물론. 네이버 백과사전은 맥 빠지게 강화마루(laminate floor, 强化─), 아내는

그 구멍에서 샌 물이 오랫동안 조금씩 그 강화마루 아귀를 벌려

세력을 마루 전체로 확장했다는 견해다. 결국 작년 여름

장마 때 아파트 마루에서 독버섯까지 돋아났건만 보수공사를

마냥 미룬 내 잘못이라는 견해고 나는 아귀가 한군데만

틀어져도

도미노식인 강화마루 약점을 사전 고지하지 않은

장사 탓이라는 견해다. 벌써 아주 많이 이동해왔다 견해가

이유 쪽으로. 아내는 마루의 발전 단계가 있었다는

견해 혹은 이유고 나는 애당초 원목 마루가 최고라는

이유 혹은 견해. 아내는 손님 올 때 말고는 시멘트 완전히

마를 때까지 그냥 두고 보자는 거고 나는 폴란드어 낱말

하나하나 번역하다가 음악과 미술이 만국 공통 언어이듯

시는 만국 언어 공통의 문법이라는 거다. 따져볼 수 없더라도

생물이란, 생이 물의 번역이란 뜻이고

그 번역을 관통하는 문법과 문법 밖으로 색을 쓰는

뉘앙스가 있었던 것

아냐?

오래된, 부부 사이 부부관계는 근친상간이라는

견해도 이유도 못되는 농담이 있지만 아내와 나는 아직

부부관계라기보다는

'섹스'가 갈수록 친밀의 육화와 구분되지 않고

견해는 이미 백 퍼센트 이유다. 갈수록 놓아줘야 할 것을

아는 이유만큼의 여러 갈래로, 찢어지도록 끌어당기는

이유. 하여

텔레비전 뉴스 바깥으로

먼 곳에 폭설

폭설이 먼 것 같은

그다음에 폭설이 먼 곳 같고

비로소

먼 곳에 폭설.

세상 벅차고 모처럼

길이 끊긴 것은 저승이다.

    2

눈 내려 꽝꽝 얼어붙었다.

통유리창 저 아래는 햇빛 쨍쨍한 대낮 혹한

의 지붕, 꽁꽁 모인 슬하의 지붕들. 교통은 빨강, 노랑,

초록

그 어느 때보다 더 미미하다. 자동차는 말할 것도 없다.

경사져 폭설 비껴간 지붕 바닥 자리에 고양이

두마리 뙤약볕 즐기고 있다.

짐승의 몸으로 즐기고 있다. 생각해보면 그것만 급작스
런 짐승의

세계가 아니다. 저 짐승의 살갗이 흠뻑 들이마시는

어느 햇빛이 생이고 어느 햇빛이 죽음인가. 자리 잡은

어느 각도가 죽음이고 어느 각도가 생인가.

생선 사러 아내 외출한다.

비리지 않다. '십분이면 와. 저쪽 아파트니까 여기서

보일걸?' 우리 아파트는 13층 맨 꼭대기. 실업이든 노년
이든

내려다보는 일은

강력하지. 시간은 더디 간다. 시간은 드디어, 마침내, 참
을 수 없이⋯⋯

내려다보면 왠지 사라질 것 같다. 여보.

전생에서 죽으면 안돼.

아내는 십분 조금 지나 왔다. 생선 비리고 소금에
굽는 냄새 어지간히 쓰리고 고소하다. 시간은
빨리 간다. 시간은 평화로이, 아무 일, 아무 짓 없이……
높은 데서 내려다보는 것이 겸손을 부채질하는 것보다
더 근본적으로
겸손한 일일 때가 있다.
겸손일 때가 있다. 지붕들은 동네 역사를 끝없이 동네
생애로 바꾼다. 가난이 막무가내
아름다울 수는 없다. 지붕이 가난을 감싸고 아름다움을
드러낸다. 대신 말하기 때문. 한없이 낮아지는 옥상에
빨래가 널리면 더욱
울긋불긋하게 그렇다. 아, 사도세자 너무
통렬했구나. 뒤주 이전에
부채꼴 지붕 정자, 겹지붕 정자 창덕궁 후원
연못에 비친
명징성이라니. 기어코 울음이 터졌겠구나.
벌레의 경건도 없이 높은 데서 내려다보는 것이
겸손일 때가 있다. 뉘엿뉘엿을 닮으며

온기보다 좁은 골목 외등 단 세개가 동네 전체를
삼각의 슬하에 두는
초저녁이면 지붕은 절정에 달한다. 여보 어서 와.
밥 먹자…… 분필가루 먹는 역사선생 직업의
아내가 그때만 허스키 아니다. 어제는 보일러 기사가
설치한 신제품 사용 설명을 아내한테 무슨 고궁 관람
가이드 노인네처럼
하더만.

다시 읽는 『지구 위의 생물』

—D. 아텐보로 저/이성범 역
(주)범양사 1982. 4. 5. 초판 발행/정가 15,000원

1. 兩棲 透過

비켜봐,

좀.

근육 수축 없이 허파 공기로

밀어서 내 정액을 네 알 속으로

그대로.

양서는 너와 나, 사랑은 일체 물의 기억인

투과.

그게 자꾸 내 몸을 구성하는

것 같은 거 있지. 생존의 업무가 생존의 99퍼센트

이상에 달하니 내일이 없고

온몸이 붕붕 떠도 나는 아직 쾌락의

뜻에 달하지 못하였다. 목숨은 시간도 공간도

없어서 위태로운 중간이다.

양쪽만 분명할 뿐 그 밖도 사이도 없다. 몸은 아예

개념을 잃었지.

차디찬 투과는 그래서 차디찬 투과다.

땅속에서는 눈이 소용없다는 거
아주 희미하게 따스한 모종의 희망 같다.
의식은 그 거푸집. 어느새 새끼들 저리 많은데
내 너를 사랑했던 일 있을 수 있기는
있었나? 비켜봐,
좀.

附 1: 흰개미 여왕벌
길이 12센티미터짜리 허연 소시지로 부풀어
하루에 삼만개 알을 낳는 여왕벌 아니라
시중 안 들면 돌아갈지 몰라 여왕벌이다.
모든 운명의 거대는 우스꽝에 이르고
우스꽝은 인간 탄생 전부터 비극적이다.
우스꽝만한 고행 아직 없었다.
성적 능력 있는 유일한 수컷한테도
이런 광경은 어안이 벙벙하겠지만
흰개미 여왕벌
이런 소리 정말 그저 어안이 벙벙할 것이다.

그녀나 나나 우리나
자연의 명사보다 더 자연스러운 것은
'아무튼'의 부사다. 어느새
놀랄 겨를도 없다. 다만
고독이 종(種)의 가짓수로 늘어난 건지
종의 가짓수가 고독을 부른 건지
그것을 나만 모른다.

2. 爬蟲 保溫

공룡이 바닷속도 동면도 모르는
체온조절 실패로 멸종했다니
살갗을 아무리 두껍게 장갑(裝甲)했단들
체온은 보온 아니라 재고(在庫)의 문제였군,
냉장고냐 온장고냐 문제가 아니라.
제 몸에 햇볕을 받았다 피했다 하는 식으로
체온을 조절하는

운동이 이구아나의 평생이다. 식욕도 성욕도 물론
있지만 그 운동의 일부로 있지. 알껍질은 덩달아
방수 장갑이고, 다만
체내수정이라
음경이 필요하군 음경이. 말 그대로.
예외인 음경이다.
깔보다니. 섭취 칼로리의 80퍼센트를 포유 아닌
보온에 쓰느라 마구 먹어대는
포유가 파충보다 더 나아갔다고 할 수 있나,
깨어 있는 시간의 4분의 3을 섭취와 소화에 쓰는
채식이 육식보다 더 나아갔다고 할 수 있나,
채식이 생을 위해 있지 않고 생이 채식을
위해 있는 그 생이 바로 낭비 아닌가?
이빨을 위해 사는 생은? 장복의 생은?
생식 위해 치장하지 않고 치장 위해 생식하는 생은?

　　附 2: 물고기 귀
　　소리는 공기 중보다 물속에서 더

전달이 쉽고, 물고기 몸속에는 물이 많아

벌써

소리의 몸이다.

그후

머리뼈 속 양쪽 활 모양 도관(導管) 두개

그 내피 속 작은 석회질 알갱이 움직이며

진동하면 소리의 귀지.

감각도 물질이고 몸이다. 청각이라는, 시각

이라는, 오르가슴 열대어 색(色)이라는

물질이 있다. 귀는 기계 아니라 기계

동작일 뿐

감각이 물질이고

소리가 온몸이다.

3. 철새 면적

깃털 같은 소리. 두뇌에 시계, 나침반, 암기지도 같은 소리. 대륙 분리 같은 소리. 밤이면 별, 낮이면 해, 눈에 안 보이는 자장 따위 이정표, 정말 짭새 씹새 껌 씹는 소리.

나는 날 줄 알 뿐 나는 것을 모른다. 나는 것은 사실이지만 나는 사실을 모른다.

내가 물려받은 것은 저 아래 저 멀리 보이는 일개
면적.
이상하다 나의 나날의 곤핍에
원인이 보이지 않는다.
때로 내 존재 자체를 내려놓고 싶지만 하강의
방도만 보인다. 저 아래 한가로이
헛간 떠나는 헛간 부엉이 하나.
원인을 능가한 나의
규모는 나의 운명이다.
그렇게 벌써 죽음 속 가둔은 것이기를.

附3: 귀상어 코
머리 옆으로 불거져나온 내 양 끝 콧구멍
흔들어 먹이 냄새가 양쪽 똑같은

농도로 느껴질 때
나는 곧장 앞으로 돌진하지.
대개는 사냥꾼 가운데 맨 먼저 도착한다.
내 왼쪽 콧구멍에서 오른쪽 콧구멍까지 멀지 않고
나의 양쪽 콧구멍 극과 극이다.
시야 너머 생애의, 생애 너머 농도의.
그래서 바다 아니라
바닷속이 나의 온몸이다.

4. 哺乳 胎盤

그리 요란한, 화려한, 어려운, 두려운 것은 암수 구별이다.
본인일수록 더욱.
태반
속에서 더욱. 적나라의
내밀 속에서 더욱.
내밀화라서 더욱.

태어나는 중이라는, 그 일밖에 없다는

지겨움.

생명 이전과 이후의 그

'이(以)'로써

생명보다 더욱.

배경은 가장 거대한 공룡의 네 배 무게가

과거 넓에서 미래 넓으로

팽창하는 바다를 닮는

수염고래 몸

크기라서 더욱.

젖의

구체라서 더욱.

모발, 모피는

그 밖으로 삐죽삐죽.

　　附 4: 심해 발광

　　심해에는 심해만 있다.

　　하느님도 없다.

빛을 빛이라 어둠을 어둠이라
하지 않았다. 명명된 것은
인(燐)과 전기 따위
일상적인 것들.
빛을 내는 것은 그다음이다.
어둠은 그다음이다.
지상의 사정과 달랐지, 하느님 사정도.
칠흑 같을수록 심해는 저밖에
모르는 것이 상책이다.

5. 人間 具體

측은과 끔찍 사이
표정의
핵심은

까마귀 한마리 너무 가까워 혼동, 중첩, 교환된 그

이질(異質) 두려움. 그것에 물들며 단어가 격(格)을 벗고 언어의

　　정체를 드러내지. 정체의 정체는 틀이다. 아버지. 일곱째 날에는

　　어디서 쉬셨어요, 날 안에서 아니면 그 밖에서? 그걸

　　영역이라고 할 수 있을까요?

　　　장래라는 책임

　　　핵심의

　　　표정은

　　그렇게 묻는 것은 왜 죽음을 들이셨냐는 원망 아니고 안식일이

　　죽음이라는 공휴 경건 아니고 끔찍을 겨우겨우 달랜 결과가

　　죽음이고 그 죽음을 어찌어찌 무마한 것이 측은인 까닭.

　　그 울컥이 처음이고 생이고 생의 활력인 까닭.

인간의 언어 전후 인간의
구체로는 말이지.

附 5: 연어 최후
알에서 깨어나던 물맛의 정확한 기억으로
수천 킬로미터를 돌아와 연어는 자신의 알을 낳고
비로소 생식 너머 의미를 생각한다.
생각은 연기 아니라 자기 연출로 끝난다. 혹 불거진
등허리, 갈고리처럼 휜 위턱, 길게 자란 이빨
형용으로 비늘 모두 벗겨지고 근육 오그라들고 시냇
물에
떠 썩어가는 해진 몸통을 갈매기 부리에 내맡긴다.
비참한 최후고 최후의 비참이다.
그러나 바로 이 비참을 위해 온 생애가 있었을 수도
있다. 당연이
최후를 능가한다. 다시
바다는 물의 세계고
물은 다시 온몸이다.

늑대 동거

일년의 반을 늑대들과 산다는 그는
나머지 반 집 생활 식탁에서도 좀체
야채를 먹지 않는다. 늑대들 사이 자신의 서열이
떨어진다는 거지. 늑대도 그중 비루한 것들은
야채를 먹는 모양. 피에서 야채에 이르는 서열의
냄새와 모양 사이 늑대의 언어가 있다. 사이 속으로 있고
갈수록 있다. 늑대는 동거고 의미는 시간 흐름 아니라 전무후무한
광경. 공전절후도 없지. 나날의 생이 생애의 공간, 이어지지
않으므로 매번 새로운.
그것을 느끼면 늑대 동거 더 행복할 것이다.
인간 쪽 식구들도 죄가 없다. 오라니까 가는 데가 행사장이고
간다니까 가는 데가 장례식장이고 시사와 연예를 뺀
역사를 모를 뿐이다. 백주년이라 갔다. 교보생명 빌딩 근처
누미에르, 루미에르, 뤼미에르 2층 신의주찹쌀순대

원고 청탁에 응하지 않았다, Sun rise, sun set 서울대병원 영안실 문목* 미망인 박용길 장로 빈소 들어가기 전 보성 62회

동창회 근조 깃발 걸렸다. 이런. 내 동창 누가 연락도 없이 죽었지, 거기 먼저 들르나? 하다가 이런 이런. 문목 아들 성근이가 내 보성 62회 동창이었지. 그것도 아주 친한.

하지만. 그러므로, 이왕이면, 목숨이 얼마나 휘청거렸길래 원생(原生)의 몸 그리 거대했지? 멸망 속 원초, 멸망의 원초

끊어지는 계속은 번데기였나 몸이었나, 생명이었나 색이 었나?

월요일 술 전화 오는 걸 보니 연말이다.

화요일은 되어야 왔었다. 월요일은 뭔가 달리 살아보고 싶은

날이니 도무지 나와 술은…… 그건 다 끝난 일, 아니면 심해의 일? 모르는, 처음의 선율이 감동적일 때가 있다. 내 나이

영양제 선물은 사실 치매 예방제일 것. 말 잘 들을밖에.

세계 말고

　세계관은 늘 뒤통수 바로 뒤에서 무너진다. 늑대 동거,

　상상력 이전

　미래라는

　제의.

선물과 명작

사람이 죽는 줄 알고

죽을 줄도 알지만

죽은 줄은 모르지.

죽은 자가 스스로 죽은 줄 모르고

걸어가는 혹은 다가오는

거리의 사물 형상 빛이 약간 더 생기 있다.

살아 있는지 모르고 살아 있을 때 이따금씩

우리를 놀래키는 그 빛은

때로 약간 더 멀쩡하고 약간 더 본질적으로 보인다.

땅거미 직전 땅거미

예감의 빛.

예감인 빛.

그

차이인 빛.

짐승 소리가 아냐, 그 소리 우리가

죽어도 알 수 없다. 죽음에 무슨 반전? 무엇보다

죽음이 그렇게 노골적일 수 없다.

그건 선물과 명작의 차이랄까.

명작의 값어치를 능가할 수 없는

선물은 명작의 감동에 다가갈망정

끝내 명작일 수 없는

우리 생 속에 생의 일부로 있고 각각의 생애로 빛난다.

'그러나'가 갈수록 빛바래는 세계.

밤이 딱히 경건한 것 아니라 햇빛이란 게 정말

시끄럽기 짝이 없는 세계다.

밤 깊을수록 오디오 소리 크고 깊어진다.

선물 없다면 어떤 때는 아무리 낯익은 음악도

무섭지.

선물 있다면 죽음이란 살아온 생 거슬러

걸어가는 것일 수도.

명작은 선집을 선물은 전집을 읽는 것과 같다.

서울특별시 용산 4지구, 남일당, 355일, 휫, 휫, 바람 소리

산 아내가 죽은 남편에게

오 우리 애들 아빠, 난데없는 불에 타 죽으며 얼마나 뜨거
웠으리.

죽음은 시간을 벗어나 수천만년도 잠깐이겠으나

수억년 후 언제 다시 만날지 모르니

기약도 없는 비명의 이별은 더 아뜩한 낭떠러지인 것이오.

벼락같은 당신의 죽음으로 살아남은

나의 생 또한 살아남았달 게 없는 생이겠으나

당신이 떠난 자리 홀연 어지러운 세상이 되고

역사가 되고 가난한 사람들의 아우성이 된

자리로 내 몸 안에 들어서는 것이오.

죽은 당신의 의로운 명예를 되찾기 위해

불타는 당신을 삼백오십오일 동안 이 세상에 세웠으니

당신의 고통을 백 배 늘인 죄가 이 세상의 나에게 있겠
으나

나와 우리 애들은 라면 끓이는 생계의

곤롯불에도 당신의 아픔을 새길 것이고

많은 사람들한테 서울에 내린 백년 만의 26센티미터 폭
설이

아무리 흩날려도 산발 같지만은 않을 것이오.

발이 푹푹 빠지지 않아도 우리가 태어나기 전 조선 역사의

시간은 저렇게 하얗소. 그렇소. 고통으로 아름답소,

고층아파트 창턱에 줄줄이 길게 얼어붙은

목숨도 당신의 죽음으로 아름답소. 비는 무슨

귀신 씻나락 까먹는 소리 같소.

하느님이 있다면 그 절대의

주제를 변주하는 게 위대한 작곡가라 했고

그 변주를 다시 변주하는 게 연주자라 했고 언제쯤

정말 듣는다면

듣는 자의 연주는 가장 위대하다 했소.

당신이 바로 그 언제쯤이오. 남일당 바람 소리

쉿, 여기 사람이 죽었다.

미래의 바람 소리 쉿,

여기 의로운 사람들이 죽었다, 쉿, 그 소리

사람들에게 정말 들릴 것이오. 정말 널리 널리

퍼질 것이오. 가시오. 이제

편히 가시오. 이별의 물리와 천문이 아무리 슬프더라도.
가셔야 우리 다시 만날 수 있는 곳으로 당신은 갔습니다.

제3부

음악의 세계사 그후

프롤로그, 고전의 임신: 코지마 바그너(1837~1930)

1870년 바그너(1813~83)와 결혼할 때
우리 사이 벌써 아들딸 셋이었다.
세간을 뒤집은 사랑의 도주에 비해
너무 안정된 숫자. 내 아버지 리스트(1811~66),
일찍부터 그를 도운 선배. 내 전남편 한스 폰 뷜로
(1830~94), 1865년 「트리스탄과 이졸데」, 1868년
「뉘른베르크 대가수」 초연을 성사시킨
은인 지휘자였다. 「트리스탄」은 (또한) 은인,
(또한) 유부녀, 시인 마틸데 베젠동크(1828~1902)와
이루지 못한 사랑이 30년 동안의 부인
미나(1809~66)를 버리는 비극, 「뉘른베르크」는
쇼펜하우어(1788~1860)에 심취한 희극, 둘 다
육체 사랑 생체실험 대작 「니벨룽겐의 반지」의
가장 아름다운 짐승 비명 소리
막간으로 알려져 있다. 채울 수 없는 육욕은 과도한
죽음이다.

하지만 그것은 내게 엄연히 그와 내가 벌써

아이 셋을 만들던 생활이기도 하다.

여성 육체는 아무리 많은 여성을 동원하는 남성의

아무리 비열한 짐승이라도 금쪽같은

아이로 만들어내는

가정 육체지.

그가 나의 여성 육체의

부르주아 미학을 눈치챘을 리 없다. 아니면

「니벨룽겐의 반지」, 이어졌을 리 없지. 다만

역시 비극은 내 몫이다. 그가 죽고 바이로이트

축제 37년을 치르던 나의 안방을 어언

점거한 것은 베르디(1813~1901), 바그너와 동갑인

그의 이탈리아 오페라부파「폴스타프」(1893)였다.

새까맣게 요절한 후배 비제(1838~75)를

그뒤로도 한참 동안 등에 지고 다녔을 구노(1818~93)

의 육체적 말년을 그는 의당 경멸했겠으나

얼마나 끔찍했겠는가 자신이 죽고도 그토록

가정적인 베르디 음악이 말년 현대음악

부조리까지 열어놓고서야 죽으리라는 것을
그가 살아서 알았다면?
끔찍한 것도 비극은 아니다.
바그너 음악의 공적인 몸으로 베르디
음악의 사적인 몸을 받아들이는
93세
그 비극은 나의 몫이다.

1. 유년의 가능, 파니 멘델스존(1805~47)

한 작곡가의 음악의 몸이 다른 작곡가 음악의
몸을 받아들이려면
언어가 필요하지, 고전의 언어가.
나이가 없고 나이의 가르침만 있다는 점에서
그 언어는 들짐승과 날짐승 새끼를 새끼 친
이야기에 오히려 가깝다.
입술과 거기가 헐벗지만 않는다면 말이지.

절망,

화려하지 않고 다만 거울의

품격에 달한.

(절망을 능가하는 화려는 없다.) 내 17세 남동생

멘델스존(1809~47)은 한여름 밤의 꿈의

음악의 몸을 받아들이며 그것을 알았지만

17년 뒤 그가 받아들일 음악의 몸이 17년 전

자신의 음악의 몸일 줄은 알지 못했다.

그럴 줄 알았다면 17세 그가 서곡만 썼을 리

없지. 다만 그렇게 된 후 그는 알았을 것이다,

4년 뒤 자신의 죽음을.

그 죽음에 피의 신비가

없을 것도 알았을 것이다. 그것이 어딘가 유년의

모양을 닮았을 것도. 그가 피아노를 치면 어린아이가

더 어린아이 속으로 그 아이가 더 더 어린아이 속으로

계속 겹쳐들었다.

그가 불행했다는 얘기가 아니다. 실제 그가 죽으며

나라의 초등학교 공중에 떠돌던 아이들의

비명이 깨끗이 씻겨나갔다는

소문도 있다. 그의 죽음이 같은 해 나의 죽음 때문이라는

소문은 오해다. 절망도 가르침은

사닥다리와 같고 품격은 한 사람과

한 세대 지난 다른 사람 사이 있다는 말이다.

내용과 형식이 일치하는 새로움의 기억을

우리는 고전이라 부른다. 음에 색이

있다는 것은 귀의 공연한 발상. 한 연주자의

음악의 몸이 다른 연주자 음악의

몸을 받아들이려면.

2. 페르골레시(1710~36)「스타바트 마테르」(1736)

페르골레시 너무 일찍 죽은 스타바트 마테르 성모 서 있
네 13세기 예수 십자가 슬피 울며 페르골레시 우스꽝과 기
괴 사이 벌어지는, 치솟지 않는 육체의 슬픔보다 더 소란스
런 쩡김의 화성이 저 혼자 극에 달할밖에 없다는 듯이 대속

에 달하는 쿠유스 아니맘 웃음과 울음이 약간만 어긋나 모든 음악이 처음부터 페르골레시시시시 하는 우스꽝이 종교의 가장 거룩한 제의를 입는 비명이 기괴하다는 이유만으로 씻겨나가는.

3. 헨델(1685~1759) 「솔로몬」(1748)

눈이 눈 속으로 더 머는 것은 귀가 귓속으로 더 머는 것과
다르더군. 새로운 경지가 없다는 거지. 신천지라 해도 마찬가지.
보이는 눈에 보이지 않았던 것은 안 보이는 눈에도 보이지 않는다.
예언이 그나마 미래 얘기였다.
거적때기와 굶주림이 거룩한 일상이고 소망이었던
구약은 너무나 달콤한 음악의 육(肉).
더 깊은 곳을 내 귀는 파고든다. 화려와 정욕 속으로 내
선율의

운명은 갈수록 맑아진다.

눈먼 나는 어디, 내 먼눈은 어디 있는가. 내 귀가 묻고

내 귀가 대답한다. 신약 속이 흐린

지옥이지. 내게 구약은 명징이 깊어지는 내용이다.

4. 하이든(1732~1809)이라는 정사각형 형용사

'고전적'과 '혁명적', 그리고 '순종적'이 한몸이었던, 유일한

때와 몸이 나다. 음악으로 빚은 육(肉)한테 무슨 혼탁한

비극, 희극 같은 소리.

세기말 생의 균열이 감지되면

내게로 오지.

음악이 음악 이야기를 펼치며 형(型) 아닌 형(形)과 식(式)을 등식화하는

운동을, 위해 나는 있겠다 밑도 끝도 없이.

무슨 말을 하는지 나 모르지만 무슨 말 하는지는 너 알리라.

죽은 생각은 언제나 지금의 나 죽은 다음 생각이다.

생애의 '애' 자 절벽이지만 생의 절벽 아니고 생 옆의 절벽.

'문자 그대로'가 그런 뜻이었구나.

새겨진 죽음의

분명은 갈수록 느긋해진다. 비의가 사라지고 균열이 틀

일 때

심화는커녕 쪽팔리지 않기 위해

명징은 얼마나 더 명징해져야

공통분모로 드러나는지.

깎아내는 느낌과 속 비는 느낌이 하나인 정사각형

형용사.

하루하루 나의 시야 좁아지고 나의 자세 낮아진다.

메모지와 마우스가 자리를 다투지. 나 누구보다

나의 생 위해 살았으니

그 모든 나(我)인 것의

종지부. 부피와 무게 없는 점 하나. 수(數) 없는,

질량(質量)이라는 말

죽음, 비로소 나의.

5. 바흐(1685~1750)라는 3백년

경건의 광포를 평생 음악의 근면으로 다스리려 했던
나의 연습이 나의 신약이었다.
들판에 낭자한 주검들이 예수 죽음과도 같이
내 음악의
형식을 이루었다. 어디까지가 생명이 흔들리는
형식인지 끝까지 가보았다.
육체 예수는 없음이 있음의 유일한 증거였으니
내가 본 것은 검음이 무한 햇빛 먹고 남빛으로
무르익는 순간, 소리의 동굴이 소리의 건축으로
건축이 문법으로 문법이 사전으로 가는
소리에서 태어난 언어가 더 분명하고 영롱한 소리인
순간이었다. 그리고
경건은 더욱 광포하다.
자식들이 호적을 파내 헨델가(家)로 옮겨간 게
언제지?

3백년이 역사 아니라 시사(時事) 같다.

혁명은 슬픔 닮은 짐승의

포효 없는 야만을 부르고 그 내용도 아닌

형식이, 민주주의라는 듯, 연민 없는 배설의 내용도 아닌

형식이 계몽이라는 듯이.

경건의 광포를 평생 음악의 근면으로 다스리려 했던

나의 연습이 나의 신약,

나의 의미는 혼탁하다.

나의 이성은 깨지지 않은 정신분열의 거울,

음계.

나의 거처는 삶과 죽음 너머로 흔들린다.

6. 베토벤(1770~1827)

로망스

연애 포함해서 모든 게 다 잘될 것 같아

약간 슬펐던,

(젊었으니까,)

두번째는 입장 바꿔서

젊은 날의, 모처럼 '그러나'가 없는

'베토벤'과 '로망스'

사이 베토벤

로망스.

「'나는 재단사 카카두' 주제 10개의 변주곡 op.121a」

만년 직전 말년의

이, 사소.

비극이 이리 치밀하게도

개인적일 수 있다니.

그러고도 명백할 수 있다니. 명백히 육체 안으로

정신을 쪼개면서

훌륭하지 않고 대단하지 않다. 다만

섬세만으로

유일할 수 있다.

재단사 사각,

사각, 사각
고통은 사락,
사락, 사락
끝까지
울음의
숨을 죽이며.

7. 이 냄새와 저, 음(音)

쇼팽(1810~49)
화장품
냄새
의 쉼표. 아니 그다음의
쉼표,
육체 역동의
지위를 탐하느라
출렁이는

지독이 민족의

비극을 벗는

아름다움인. 화장품이 화장품

냄새를 벗는.

리하르트 슈트라우스(1864~1949)

간혹 길게도 이어지지만

선율 아니고

시간 아니고 이야기는 더욱.

섹스 그후의 ㄱ도 ㅅ도 사라진,

ㅔ 와 ㅡ 뒤늦게

원래 없어도 그만인

영롱, 그전의

고양인 장미 송이

색. 음악이 음악의 중력을 희롱하는 물 위

동심원들 번져가는.

모든 음악이 나의 음악을 향해 온다는

착각(그게 순간, 파시즘이었구나)인 작곡의 저,

선율 아니고 흔들려

마구 떨리는 몸

의 휘발. 평생의

선율 아니고

휘발 너머

유언, 몸

그후의 그후인.

에필로그, 마르타 카살스 이스토민(1936~   ):「유진 이
스토민(1925~2003) 피아노 반주의 카살스(1876~1973) 앵
콜곡 모음」

내 나이 올해 일흔여섯. 고대 그리스 신화

오래 사는 게 지겹다 지겹다 했던(그땐 평균수명이

짧았지) 시빌도 그 나이까지 살지는 못했을 터.

21세 처녀였던 나와 결혼할 때 카살스 나이 81세였다.

그는 나와 충분히 살다 죽었다.

2년 후 그의 후배 제르킨(피아니스트, 1903~91)의 제자
이스토민과 내가 결혼했다.

유진,

그는 나와 충분히 사랑하다 죽었다.

내 나이 올해 일흔여섯. 머나먼 옛 신랑

카살스보다 다섯살 젊다.

나이 들수록 생애 신화는 육체에

누추로 스며들지. 의식에 더 가까운 것은 옛날 신화다.

노. 피카소와 비교는 금물. 스트라빈스키와도.

그 둘에게 미노타우로스 미로궁은 극성부리며 닫히는

노년의 성(性)이었으나

카살스에게는 낮게 무겁게 깔리며 깊어지는

첼로의

시간과 음악 너머 연주의 길이었다.

이스토민의 피아노

반주는 손길도 손길이지만 피아노 세계 너머

귀결이었다.

그건 카살스, 내 남편이 더 잘 알 것이다. 나를 만나기 전

에도
　그의 연주가 그의 반주로 이어진다.
　이제사 옛날로 보이는 희망의 편안한
　측면과 그릇.
　삶을 뒤집어야 죽음이 보이는 것
　너머 그것이 죽음인.
　내 남편 카살스도 내 사랑 유진도 옛사람 되었다.
　오래가 오래전부터 오래 선택받았다는 뜻,
　연주가 반주로 이어진다.

고향 친구

김석희에게

내 고향 서울로 와서 일가를 이루고

망(望) 환갑

네 고향 섬으로 돌아갔으니 내 신혼여행 때 아름다움 서
슬 푸르던

유채꽃도 이젠 네 친구들 옆에서

가난이 시끄럽고 육(肉)이 비리고 간절한 옛말 같겠지. 옛
말이

다시 무르익으며 낯익어지는 시간이겠다.

늙은 악공에게 현악기는 제 몸을 다 내주는 것만이 아니다.

닫히며 무덤을 닮는 고막 저편에서 그냥 시끄러울 열광과

열리며 고막을 닮는 무덤 속으로 살금살금 스며들 가락을

현악기는 제 몸의 소리 가운데 갈라낸다. 가벼움으로
서는

순서가 있다.

천년 고도(古島)는 가장 아늑한 자살.

내가 준비한 말년은 그쯤이었으나 이제

고향 친구,

그 말에 환장하겠다.

길을 감싸안다

이석원에게

띵호아

인터넷 지도 검색하니 그 중국요리집은

포이동 아니라 개포동이고, 그 앞 건물이라던 삼호물산은

양재동이라더라. 전철 양재역에서 가까운 것도 아니고.

매봉역 쪽으로 가다 우회전해서 다시 한참 가야 하고

뭐 택시를 타면 대세에 지장 없었겠지.

강남에 유명 중국요리집에 내비게이션에

길찾기는 택시 아니라 3중 장갑차를 탄 듯 든든했겠다.

너는 신년이니 나오라 했고 나도 의당 나갈 마음이었지만

신년 유난 떠느라 계산에 분주했던지 영등포

당산동에서 출발하는 인터넷 지도 속 그 길이

너무 멀고 복잡하고 내 나이면 아내 눈치 보는

시늉도 흉 안될 것 같고 나 말고도 올 사람들 쩌렁쩌렁

많을 테고

하여 못 간다고 했고 너는 알았다 했지만 전화 끊고 나니

나는

가지 않은 그 길이 마냥 아프다.

하필 아내는 그 근처 병원에 갑상선암 검사 받으러 갔다.

착한

　암이라니까? 아내는 명랑했지만 세상에 착한 암이 어딨나.

　나는 감싸고 싶었다, 내가 안 간 그 길을.

　72학번 서울대 법대 들어가 시대에 가장 앞서가다가 운동권

전설이다가 정당정치쯤 우습게 보다가 때를 놓치고

　너무 오래 놓친 것에 지쳐 한나라당 소속으로

　새까만 것들한테 핀잔도 듣다가

　잘나가는 법대 출신 모임 꾸려 실무 맡고 나 같은 것들도

　넙죽넙죽 끼워주는 너의 길을 보면

　이 시대 가장 중요한 것이 대신 헤매주는 일이라는 생각

도 든다.

　언론 자유를 비롯한 여러가지문제연구소*

　무슨 일을 하든 네가 차리는 사무실 보증금은 책임을 져주는

　착한 변호사 있다는 사실 다행을 넘어 눈물겹지만 역시

　우리나라는 아직

　기득권이건 운동권이건

땜통이 훨씬 더 중요하다는 생각.

네 길은 두 배 세 배 에두르며 깊어졌다.

그 길을 돌아 아내가 귀가했다.

검사 접수만 했다 했지만, 나는 수술 끝난 그녀를 감싸 안듯

네 길을 감싸안고 싶어졌다. 늦었지만

근하신년.

*소설가 황석영의 평소 구라에서 차용.

공백의 횡재

황현산, 강혜숙 부부께

1

그 아이 나무에 묶인 채 죽어 있었다. 집에 못 갈 것을 아는 표정으로……

최근 어느 범죄수사 미드 대사, 중년 형사가 자신의 첫,

미해결사건을 다시 만나는. 그보다 나이 먹은 나는 내 안의

비린내 모두 바깥으로 내놓고 그 안을, 들여다본다는 거지.

그 부인 생활공예가다. 그녀 접시들 몸피가 석기(石期)와 뷔페 사이

감촉은 따스할수록 냉혹, 꽃잎 닮은 무늬가 흩어지는 동시에 모종의

자국이 달할 수 있는 최고로 묻어난다.

능사(能事)를 벗으니 오늘도 차마 음식 못 담고

그냥 바라만 본다. 오늘도

부인께 죄송.

2

속살, 아름다움의 늘 이면이었던 잔혹을 꿰뚫는 상처가 결핍을 입는 클래식의.

속살, 없는 것을 없다고 말하면서 귀에 발설보다 더 섹시한, 말하고, 말하는.

3

그 남편은 문학평론가, 내게 시가 한 상자를 보냈다.

시쳇말로 좆담배다. 상자 속에는 쿠바산(産) 로미오와 줄리엣의

로미오 No. 2만 있지 않다.

더 긴 처칠도 있고 더 굵은 온두라스산도 있다. 개비

깡통 속에 있고 생(生)이 완연한 나무 박지(薄紙)에 싸여 있다.

숭한 것은 숭함의 극으로써만 극복된다. 끝은 앞에만 있다는 자기

생체실험도 거룩과 통하고 거룩은 끝내 형식의 최고치다.

그때쯤이면 로미오와 줄리엣도
제 내용을 다 벗고 난 뒤라야
비로소 섹시해지지.

4

시간 남으면 귀에 거의 꽉 차 있던 어떤 음악들이
영글어 또옥또옥 떨어진다. 하나씩이고 비로소고 그게
너무 분명한, 별도의 상태 혹은
생애라서 귀로 먹을 수가 없다.
내가 그것들의 기념비 되는 것도 폐일 것이다.

크세노폰은 '위에서 아래로'의 페르시아 탈출기
제목을 '아래에서 위로'의 페르시아 원정기
아나바시스라고 붙였다.
쪽팔려서가 아니다.
천신만고 끝 살아남고 보니 지겨워서다.

5

속살, 해결이 목표 아니고 연민의 양식(糧食)인. 처음 아니고 예의 아니고 그후.

속살, 속살이 속살의 속살에게 속살거리지 않고 속삭이는, 부재에 이르는 명장면들인.

봄비
유용주에게

봄비 내려도 집 안에서 내다볼수록 좋은 나이
뜨겁고 차가웠던 시절은 가고 따스한 차단만 남았다.
실내는 아직 으스스해서 복숭아뼈에
전기난롯불 따갑다. 그게
뙤약볕도 가난한
유년이었구나. 돌아가는 일의 가파름이 느긋하기를 바
라는
나이에 나는 있다. 작업의 커튼이었던
음악이 나를 오히려 땡기고 더 많이 담배 피우게 한다.
시대와 역사가 가로놓인 옛날의 거장일수록 연주가
시나 소설 쓰는 것과 다를 바 없는
광경이 보이고 그제서야
들린다, 우린 갈수록 천박해지는
시대를 살밖에 없다는 거. 아, 1차 2차 세계대전
아메리카와 유럽 대륙이 각자
여기서 머나멀지 않고 대서양 사이
근린이었구나.(참 오래들도 연주했고 때로는 60년 이상
어린 아해와도 겹치지.) 리허설 장면 녹음 CD가 완성된

연주보다 더 감동적인

감동보다 감동의 얼개가 더 흥미로운

감상(鑑賞)에 나는 젖어 있다. 무심, 냉혹 직전의.

너는 내게 언제까지나 찬탄의 열광일 것이나

너는 네게 언제까지 열광일 것인가. 늙는 방식은

늙은 것일수록 좋겠고 옛날식 가운데 가장 좋은 게

나이 먹는 방식일 것이나

너는 뙤약볕이 유년 아니고 가난 아니고 고마움이고 종교니 그

미래를 누가 알겠는가.

너는 자연을 비유하지 말거라. 다른 이들이

네 생을 비유할 일이다.

봄비 그치고 봄

바람 분다.

그 여자네 집
김은숙, 주명철 부부에게

동구 밖 없다.
어디서 나타나듯 길 하나 와서
소나무 삐죽삐죽 솟은 신라 봉분 크기 동산 밑
어루만지듯 지나
어디서 사라지듯 사라진다. 동구 밖 없다.
그 집 앞에서
그것 다 보인다. 어딘가
전생 같다.
비 내리면 실내는 살림만 약간 애틋한
동화 같겠지. 하긴 우리 부부
낮에는 먼 옛날 친척들이 먼 여행
얼굴 타서 돌아온 듯한
로스 안데스 엘 콘도르 파사
고속도로 휴게소 공연을 거쳐 왔다.
밤에는 자동차 대로가 오래된
나무들을 비켜 난 현대식 태고의
예의를 통과해왔다.(누가 누구한테 예의?)
그리고

그 여자네 집이다. 웬 사내

뒤뜰에 놀게 두었던 고양이 개체수 뒤늦게 조절하느라

몇마리 차 태워 고양이 깜냥 밖 숲 속에 내려놓고 온

'범죄'를 밤새 고백하는 웬 사내 얘기다. '괜찮아. 쓰레기
수거가 너무 잘되는

도시에서나 고양이들 굶는 거지.

이 정도 농촌 숲에서는 하루아침에 왕일걸?'

하긴 우리 부부 억수로 퍼붓는 비에 제 몸을 내맡긴

가을 논밭 풍경도 만끽하며 지나왔다, 농부의

걱정 근심도 없이. 밤 깊어 대취한 전생의

실내다. 방마다 침실에도 있는 컴퓨터 학문과 교수와 집
필의

노고조차 비현실적. 그리고 아내와 나

우리 모두의 그 여자네, 그리고 그 사내 집이다,

우리 젊은 날 쇼쇼쇼, 고전 코미디 극장과 동격인.

제4부

전집의 역전

1. 셰이머스 히니(1939~   ), 물질

살아 있는, 일흔 넘은 아일랜드 시인의 이제껏 시집

열두권을 번역, 한권으로 묶은 책이다. 겉 하얗고 단단하
다. 누구는

이글루 벽돌 한장이라 했다. 시 한편 생활의 응축이니 시
집 한권

그간 생애의 응축인데 어떻게 응축되지, 생활보다 더 뭉
툭하게?

이 위험한 순간, 한권 전집은 기다렸다는 듯 사태를 역전
시킨다. 그

전집은 물질이다.

시인도 번역도 생애가 물질의 물질성으로 빛난다.

사라졌다, '사라진다' '사라지다' '사라졌다'는 단어. 심
화 아니냐고?

그럼 너무 많이 사라진다. 한권 전집은 생애와 번역 아
니라

물질과 물질 사이

'물질'이 전혀 달리 보이게끔 빛난다. 아 우리도

물질이지, 물질이었지, 물질이겠지, 그 말이 울음 아닌 탄성으로

빛난다. 히니. 나의 십오년 연상. 대학 때 그의 시 보았고 알아보지 못했다.

인생도 시도 그의 삼십대가 나의 삼십대 아니고 다만 어긋나는

평행이 깊어진다, 한권의 물질로. 내 뒤로, 신예들

굉장하지. 앞 세대 십년을 일년으로, 한달로 줄인 거기서 시작한다.

시작도 한권 전집이다. 누구나 한권 전집과 한권 전집 사이 있다.

얼마 남지 않았다는 생각으로 있다.

2. 필립 라킨(1922~85), 사소의 습관

죽은 피아노 연주자의 피아노

연주를 듣고 있다.

여러 차례 듣고 있다.

그가 죽었으니 연주가 연주 속으로

쌓인다. 피아노 건반 음악의 계단이

계단 속으로 깊어지고 있다.

그는 물러나며 깊어지는

방식으로 내게 살아 있다.

그건 나의 문제다. 내가 살아 있다는 사실을 그가 꼭

알아야 맞이 아닌

것까지도 나의 문제고, 그것까지만 나의 문제다.

죽은 그가 아무것도 모른다는 것 너머

죽은 그는 그가 아니다.

죽은 그는 스스로 그가 아닌 것도 상관없는 그다.

피아노 연주는 그렇게 흘러간다.

사실 산 사람 연주가 크게 달랐던 것은 아니다.

죽은 피아노 연주자의 피아노 연주가 어디 있겠는가. 왕
년의

연주였을 뿐. 죽은 피아노 연주자의 피아노 연주를 듣고

있다.

　　계속해서 듣고 있다. 그가 죽었으니
　　그의 연주가 나를 듣고 있는 건지도. 특히
　　홀로 치는 피아노 연주가. 이 모든 게
　　'어차피'가 아예 사전에 없는 영롱의
　　형식인 그 이야기가. 아니면 내가 죽었나?
　　죽은 나는
　　내가 아닌데.
　　나의 전집은 사소의 습관으로
　　도로(徒勞)를 벗는다.

3. 즈비그니에프 헤르베르트(1924~98), 영롱의 제의

제국의 언어가 내 모국어 뉘앙스 깊이를 절단하기 전에
뒤늦었으므로 이제는 식상한 수난의 역사를 생체화하는
영롱일 수 있을까. 또렷하고 또 또렷하여 이 세상에
이 세상 것 같지 않은 습관. 그 곁에서 가장 육감적이라

가장 끔찍한

　죽음의 광경도 사소한 것이 최종적이고

　죽은 자들이 산 자를 위로한다는

　전언은 나의 전집이다.

　제의는 해석이 아냐, 난해의 운명이다. 아름다움은 공포

아니고 명징이

　명징성으로 공포를 벗는 순간이다. 살아남은 노년이

설령

　삶의 염세를 죽음의 염세로 바꿀밖에 없더라도

　영롱은 나의 전집이다.

　附 1: 김근태(1947~2011. 12. 30.) 유언

　내가, 나의 죽음이 울음의 겹이니 나를 고문 피해자로만

기억지

　말아다오. 시간과 시간의, 분과 분의, 초와 초의

　영겁으로 이어지던 고문으로 나의 울음 더 깊어졌다.

　백년 전 울음으로 오십년 너머.

바다 내부로 조가비 하나 그때 떨어지거든
아름답기 입의 화석 같은 그것.*

위해 나는 울었고 말했다. 안되지 지상에서는 모세가
아론한테, 베드로가 바오로한테. 그건 참사가 이어지는
지상이라는 얘긴가, 천상은 거꾸로라는?

고아로 만드는 게 단지
빈 탁상 구멍 잉크병 백지 한장뿐인 사람들
보라 죽지 않았다 몇 인치만큼도*

그들 위해 나는 울었고 살았다. 내가 비명횡사는 아니지.
참사도
사양. 번역의 시간은 길고, 역사가 내내 비명의 참사인
것에
나는 평생 울었다. 너는 울지 마라. 누가 천상을 알겠는
가. 죽은 내게
보이듯 들리고 들리듯 보이는 나의 식구 나의 동지 나의

민중 나의

민주주의는 흐리고 흐린 그대들 이승의 슬픔뿐이다.

울지 마라. 끝내, 정, 영영 그렇다면 기억해다오. 나는 끝내

지상의 미래, 전망의 거푸집의

아름다움으로 울고 싶었다. 희미하게 무너지는 내 시야의 윤곽도

마지막 기억의 흔적도 그렇게 눈물이 눈물로 철철 넘치고 싶었다.

나의 이곳에서 울음의 중력은 끝난다.

중력의 천박도 끝난다.

오십년 백년의 울음이여 이제 나를 벗고 저기, 아름답게 해다오.

앞으로 오십년 백년 아름다움의 겹겹 이름이게 해다오.

＊헤르베르트 첫 시집 『빛의 심금』(1956) 수록 「우리 죽지 않는다는 발라드」 중.

4. 콘스탄티노스 카바피(1863~1933), 늙은 호모

나이 먹으니 다시 한번 성(性) 정체성에 혼란이 오는군.
정말 이런 느낌 처음이에요. 오므라들고 싶어. 동성애의
적라(赤裸)로 보면 고전
Greece, Greek
언어가 수천년 죽음을 품은 육체의 향연이다.
더 멀리서 완성되는 고전의 육체는 어둠과 음악이 서로를
육체적으로 탐하는 죽음이지.
아테네, 로마, 알렉산드리아, 콘스탄티노플······ 현실과
가상의
파란만장. 나의 정체는 역사인물이고 나의 육체는
공간이다, 유구(悠久)가 끼어들 틈 없는.
2차원일수록 짜릿하지. 성기도 좀체 벗지 못하는군, 생
애의
역사를. 어떤 노래는 이렇게 노래 부른다. 저는 깜찍하고
예쁜 털 난
×지랍니다. 미로궁은 이성, 열쇠-실(絲)은 동성,

죽음은 빛나는 재난이다.

5. 로르카(1898~1936)와 아흐마토바(1889~ 1966), 문답

내 육체의 폭발이었던 혁명은 아주 일찍 끝났다.
네가 내 속에서 죽었을 때 아니 내가 죽어가는
네 속에서 나의 죽음을 예감했을 때 아니 내가
죽은 줄도 몰랐을 때 그것은 끝났다.
그래서 나는 영원한 나의 미래다.

그토록 관능적인 혁명이 나의 첫사랑 애인
아니었을 리 없다. 실패할밖에 없는 최선.
나는 남기로 했고, 공포의 진혼이기에
내 시는 짧다. 서정이 차선이고 상책인 나 자신 끔찍할 때
마침내 나의 진혼 앞에 선다. 길게. 남은 욕망이
검게 될 때까지 전집은 아주 평범한 나의

수의(壽衣), 산 자들한테만 보이는. 이런 식으로도
나는 반대한다 나의 애인이 반대했던 것을.
살아서 죽은 자 양식으로. 죽은 자
살아 있는 양식으로.

내 노년의 폭발이었던
해체도 아주 일찍 끝났다.

附 2: 동그랑땡 박완서(1931~2011)
소주와 맥주는 물론 스티로폼 접시에 내온 돼지머리 누
른 고기와 김치는 물론

스티로폼 그릇에 담아온 이밥과 육개장 국물은 물론. 그
리고 전이 있었는데

정확히

동그랑땡도 있었나? 황석영, 김화영에 이문열까지 술상
두고 마주 앉았으니

어디선가 흥건한 울음소리는 긴가민가 취기에 아예 몸을
맡겨버리려는 동작,

미소로 동그랗게 환하게 줄어드는 당신 사진 앞에.

일간지 문화면 신간안내 톱기사 같다. 한두달 걸러 잊을
만하면 나오는 당신 칼럼 같다.

술에 더 취해야 문득 부고. 영정이다, 그 환한 얼굴이 향
년 팔십.

울지 않았다. 내 몸 저 혼자 덜덜덜 떨었다. 당신은 아주
오래된 농담*이고

내가 휘청거리는 오후*니까.

세상에서 가장 오래된 틀니*, 엄마의 말뚝*…… 동그랑땡
은 벌써부터 저승의 슬하 쪽을

더 배려하려는 내색으로 유구하다.

내 아들은 2박 3일 중국 여행 무사히 마치고 돌아왔다.

* 박완서 소설 작품명.

6. 세사르 바예호(1892~1938), 죽은 느낌표 전집 밖

생애라는, 모든 것이 처음이라서 난해했던
모든 것 끝나고 전집 바깥에서 전집 바깥으로 사는
나의 난해는 더 난해한 처음으로 휘청거린다.
좌파로 가는 길, 비정규직 불안한 희망의 주소를 찾던
내 모국어의 느낌표가 이제 내게 없고, 내가 떠난 생은
꿀 먹은 벙어리, 어느 때보다 조용하게 들린다.
보아다오 명징만 남은 느낌표의
비유 문법과 알레고리 문장을. 말은 끝없이 미래를 향해
열리는 와중 끝없이
과거를 향해 완성된다.
나 앞으로도 모국어 사전 찾겠고 앞으로는 끝없이 미래
를 향해
열리던 와중 끝없이 과거를 향해 완성된 타자들이
끝없이 미래를 향해 열리는 와중 끝없이 과거를 향해 완
성되려 했던
나를 늘 능가하는

낱말 하나하나 장면에 익숙해지려고 찾겠다.

갈수록 죽음은

'고전적'이다, 좌파의. 망상을 환상으로 환상을 상상의 격자로

전화하는

죽음이 생의 형식이다.

7. 실비아 플라스(1932~63), 자살, 여성적

아리엘. 네가 애마든 셰익스피어든 그 이상이든 너를 규정하는

말은 여성적인 자살의 상상력이다. 그것으로

일생은 생과 다르다. 비극이 연민과 다르고 대상 없는 연민이

정의할 수 없는 응축과 더 다르다.

다만

정의는 정리지. 자살로는 자살의 상상력을 멈출 수 없다.

기요틴, 아리엘, 네 머리를 끊은

가스오븐이 네 주인 실비아고 실비아 플라스

가 실비아 플라스 전집이다.

附 3: 강태열(1932~2011) 몽당연필

부고 없어 문상 못했다. 연로한 바로 그만큼 쓸쓸한 장례

였다고. 늙은 쭈글텡이 동그란

얼굴 영정이 바로 동그랑땡이었겠다. 그가 죽음한테 섭

사리 곁을 주었을 것 같지도 않다.

맥주 먹은 설사를 소주로 똥구멍 불질러 태워버리는

평소를 죽음한테 실천하는 중. 그가

권하는 술 죽음이 순순히 받아마실 리 없으니

평가가 아직 끝나지 않았듯 문상도 아직 끝나지 않았다.

일찍이

부유한 집 자제로 가산을 가난한 친구들 시집 출판 비용

으로

물 쓰듯 쓰니 그의 아버지 며느리한테 재산 물려주며 이

른다. 저 애 배나 곯지 않게 해다오…… 혁혁

했던 그의 시들 부고 없어 분향소 모르고 갈 곳 잃고
길길이 뛰고 있을 터. 몽당연필 하나,
영정 닮았다가 드문드문 문상객이었다가.

8. 월리스 스티븐스(1879~1955), 무제

소포클레스만큼이나 늦었으나 나의 오십대가 이미 전집의
집이었으니, 시는 최상의 허구, 시는 신의 대체물*, 그,
말이 거푸집일밖에. 번역할 수 없는 창작 너머
번역할 수 없는 창작이론. 나는
나의 번역이었다.

*시인 자신의 말.

9. 로버트 프로스트(1874~1963), 생애

쩨쩨한 게 생을 안정시킨다는
너무 뻔한 상식이 아연 간절하게 느껴질 때는 종종 있다.
하지만 간절히 지켜보는 사람한테 다가오지 않고
당사자한테 다가가는 일은
희귀하지. 우울증 혈통에 어린 자식들 줄줄이 잃기 전 이미
지방이 그에게
든든한 노년이었다.
그의 시가 한가하고 너그럽다 했나?
너그러운 게 맞고, 한가한 게 좋지. 하지만
더 중요한 것은 설득이다. 그가 생을 설득하기 전에 생이
그를 설득하는, 선율이 각도를 부르기 전에
각도가 다시 새로운 선율을 이어가는 정말
쩨쩨한 설득. 죽은 지 오십년. 이제 와보니
그는 일찍부터 평생을 아프다는 그 한마디
지우는 시
전집으로 살았다.

附 4: 김대중(1924~2009) 이름

정치가 살림 아니라 스스로 죽음이었던 시대 자신의 죽음 직전 지나 젊은이들 죽어 거룩한 육체 되던 민주화운동의 영광과 참척 지나 '짠한 우리 선상님' 호칭 지나 경륜 높은 대통령 임기도 지나 자신의 죽음 직전 젊은 정치의 죽음 앞에서 마침내 아이처럼 펑펑 울며 그 땟국 젖은 울음을 자신의 생애 종지부로 삼은 사람.

그의 이름 이제 고유를 벗고 보통명사 되고 있다. 왜냐면 울음의 파란만장, 그의 울음은 죽음도 어린 오천년 파란만장하게 씻어낸다. 왜냐면 죽음의 미화, 죽음이 그의 이름 미화하지 않고 그의 이름이 미화한다 죽음의 영역을. 이것을 우리는 비로소 평화와 희망의 이름이라 부른다. 목적격도 소유격도 없다. 김대중 이름

이제 제2한강교와 숱하게 다르고 사과에 약간만 못 미친다.

10. 예이츠(1865~1939), 몸이라는 유구한 형식

그중 오래 살았는데도 가장 어려운 것은 여자와 섹스다. 내가 사랑했던, 적보다 더 비천한 작자와 결혼한, 그리고 이혼한 여자 모드 곤과의 단 한번 섹스. 그뒤로도 몇번 더 이어졌나? 어쨌거나 1908년의 열렬한 구애 십구년 만의, 내 나이 43세 때의 단 한번. 남들은 '극치'라 했고 훗날 내가 '성교의 비극은 영혼의 영속적 처녀성'이라 했지만 그것도 아니었던

그게 없었다면 그전은 너무 젊어 씩씩대는 힘만 남고,
그뒤는 너무 늙어 늙음의 형식만 남았을.

그녀를 만나기 전에도, 섹스하기 전에도
내게 언어는 평생 흔들리는 육체였지만.

생가

오른손잡이 평생 처음으로 왼쪽을 기준 삼는다.

중요한 것을 주로 왼쪽에 두고 왼손으로 글을 쓰듯

세상을 보고 생활을 한다.

신경체제가 왼쪽으로 무너지면 왼쪽으로 누운 긴 직사
각형

유리창만 왼쪽으로 누운

시야를 제공하지. 때때로 찢을 수 있으나 폭파할 수 없는

사진 풍경 속보다 그것은 더 생생하다.

애매가 끈질기다.

파킨슨병 옆에 누운 삼십년 전 애인의 벗은 몸도 보았다.

그러나 더 깊이 봐야지. 그 속에

생가가 있다. 습도와 온도 없는 안온이 있는 자궁이

껍질을 제 겉모습으로 조금씩 허락하는 모양의.

그것을 위하며 키 큰 자작나무 전나무 허리 숙여

관목을 닮는 모양의.

한강을 건너며

김원일, 원우 형제께

오랜만 외출이다.

3호선 약수역 6번 출구 기업은행에서 좌회전

약속 장소 춘천막국수집 택시 타고 갔다.

구름 꼈지만 그래서 더 청명한 하늘 그래서 더 윤곽 뚜렷
한 구름

그 아래 압구정 단지 아파트 건물들이 아주 잠깐 대리석
조각으로 보였다

사라졌다.

거인족 아닌 모뉴멘탈도 아닌, 흩어지면서 조각이

미래를 머금은 시간의

돋을새김으로 완성되는, 그만큼만 치솟는

흩어지는 몸이 흩어지는 사랑의 평균율을 이루는

그만큼만 치솟는

기적이 이리 스텐실지(紙) 두께와 투명도로 버젓이 남아
있다니.

작곡자의 작곡은 작곡 '했던' 것이고 연주자의 연주는 연
주 '하는' 것일까.

들을 때마다 작곡자 작곡했고 들을 때마다 연주자 연주
한다. 스텐실지

두께와 투명도가 버젓이 남아 있는 것은 그다음.

연주가 들을 때마다 처녀 연주다.

하여 아무도 없고, 물으니 사십년 묵은 주인아줌마 약속
날짜 내일이란다.

제기랄, 기적의.

비좁은 전철로 귀가한다 뭐지, 이 지독한

뻔뻔스러움은? 스마트폰들이 각각 따로 저 혼자 깜찍하
다. 트위터, 문자, 신종

테트리스 기타 등등 주인들이 화면에 집중할 뿐 자신을
대표하는 (인조)손톱

외모조차 신경 쓰지 않고 아랑곳하지 않는다.

남자도 여자도 그것 다음에 또는 그 중간에

구멍만 있으면 된다는 생각 같다.

사람은 자신이 구멍 혹은 구멍 아닌 것, 둘 다 털 난 그것
달고 다닌다는 생각을

언제 자기도 모르게 벗었다가 언제 자기도 모르게 아예

그것 옆으로 달고

　다니게 되었을까.

　생계가 생의 몸과 애(涯)를 타락시키던 시대는 끝났다. 생
계 없다면 생이

　타락할밖에 없는 시대다. 그리고 구멍은 부르지, 더 크고
검고 흉측한 구멍을.

　다행, 지옥의.

　생계의 계(計) 또한 미래를 머금은 시간. 집에 가면 다시

　작곡자의 작곡은 작곡 '했던' 것이고 연주자의 연주는 연
주 '하는' 것일까.

　의문, 귀가의.

　내일 또 가볼밖에. 15개월 미만 돼지고기를 껍질 보랏빛
직전으로 삶아낸다는

　김원일 소설 전집 22, 23, 24권 출간 기념모임 장소

　춘천막국수집.

　아팠던 동생 김원우도 오랜만 나온다는데.

新宿. 신주쿠, 밀주

하얀 둥근 헬멧 쓴 청춘 새초롬히 통통한 얼굴의 그 여자
애 낮은 스쿠터 타고

인사동 지나가는데

차량번호가 新宿. 신주쿠 ×××니, 일본 여자애? 천박과
전통 사이 세계화와

국제화 사이 인사동 인파를 제 동네처럼 가로지르며 지
나갔다.

애들 성교육에는 그만인 일본 명랑만화처럼. 공포 없이.
사람들도 별 관심 없이.

섹스의 누추를 벗는 '섹시' 말고도 新宿. 신주쿠 신주쿠

그런 방법 있었다는 듯이. 몇십억년 전 우주 탄생이 몇십
억광년을 달려와

우리 앞에 그 광경 펼치는

장엄과 너무도 다르지만

경이를 사이 두고 그렇게도 잘 어울리는 新宿. 신주쿠 신
주쿠.

그 아이 지금 신주쿠 지나고 있다. 전통과 천박보다 더 요
란굉장한

천박화 사이 인파 속 그런 방법도 있다는 듯이.

밀주 시절 도시와 도시 중간을 약간 비껴나

주모 있을 것 같은 한옥 술집 마루

반 너머 보란 듯 차지한 항아리에서 쌀막걸리 무르익기

직전 솔솔 풍겨나는

농밀도 이리 상큼할 수 있다는

내색의 누룩 냄새 짙고 짙은 그 지도 경계선

원래 없었나, 선명만 너무 선명하고

추억이 주옥같아지는 시간만 있(었)나.

매혹

서울에서 부산까지 두시간 남짓 걸리는 KTX는 속도가 창밖으로

눈부시고, 쾌적하지만 뭔가가 없다. 그것은 당산동에서 여의도

한강을 들었다 났다 하며 압구정까지 이십분 남짓 주파하는 고속

전철도 마찬가지지만 이때 없음은 매혹이지. 내가 사는 곳이거든.

그것도 평생 좀체 떠나본 적 없이 아등바등대다가 뭔가

삭제된 것을 확인하는 매혹이라서 더 짜릿하다.

1970년대 청계천 헌책방 긁어모은 1950년대

포켓 하드커버판 영어 원서 구색을 다시 갖춰놓으니 청춘,

온데간데없는 그때

인쇄와 제본 영구하리라 믿었던 시절의

매혹은 빼어나게 다시 탄생한다.

　　─서울特別市 鍾路區 積善洞이었나 敵産洞 아니고?

거기 시장 골목에 있다는 통영생선구이집 찾아가는 길
안 가봐도 내 인생 누가 먼저 다녀간 것처럼 그 골목
낯익은 쪽으로 비좁고 부산하고 냄새 흥건할 것.

　　―선화공주주은의 '은'은 그리 단정적이지 않았
　　　을 거야, 음차 한자가 아마 隱이었을걸?

잘못 알고 살아온 평생도 돌이켜보는 만큼
푸짐할 것이다. 광화문 세종문화회관 뒤 학원 골목 지나자
이곳은 신혼 초 내가 번역으로 먹고살던 출판사들 많았
었다.
신혼 초(初)들 느닷없이 백개 계단처럼 치솟는다. 키 클
나이도 지나
추락할 일 없지. 번역은 연속 아니고 중첩인 영원 같다.
유일 가능한,
새로운 디자인들의 중첩. 우리가 종종
의미라고도 부르는 것들.

―끊임없는 미완의 연주와 최초 연주와 그후 늘
　　　미흡한 연주…… 귀머거리 베토벤 지휘가 바로
　　　작곡의 생애였거든.

　깊은 밤 웬 발자국이 뚜벅뚜벅 걷지 않고 설핏 잠 위로
혹은
　그 밑으로 뱀처럼 기어가는 소리를 낼 때 신혼 초들 일
거에,
　마지막으로, 몰려나오기도 할 것이다. 없음, 매혹의 구멍
을 통해 매혹,
　없음의 그것이, 약간만 배 흘리는 자세로.
　어느새 배경인 대학은 뼈대로만 남아
　우아한 본관 파사드 대리석 기둥,
　거인족 복권(復權).
　돌아가신 부모님 사나운 꿈자리 지우고
　잠을 자두는 게 좋아. 조금씩 챙겨두는 거지.
　스모 선수가 제 몸무게 챙기듯. 미녀 코미디언이
　애환(이란 단어의 환은 기쁨)의

망가짐을 평소 챙기듯.

보유: 착한 윤리와 시의 시사(時事)

주식은 물론 여론조사도 돈이 돈을 낳고 유통이 생산을
여러번 뛰어넘는

이야기지만 이야기는 죽음이다. 자본의 노동화와 노동의
자본화, 혁명과

악몽의 현대 아주 먼 곳에서 알레고리와 상상이 엇갈려
무슨 짓을 못하나.

그러나 이야기는 죽음이다.

자본은 밑천 아니고 자본이 밑천이다. 변형이 배꼽 과정
이고 두뇌가 늘

첫 인간 하루로 시작한다.

우리가 달한 것은 줄거리지 이야기가 아니다. 중력의 높
이뛰기가 즐거운

소리 사다리 소리 닮는 글자 섹시하다. 그림 닮는 글자 늘
근엄하지.

그 사이

그리움과 그림 사이 관능의 피상과 구체 사이

를 파고들며 이야기는 죽음이다.

속삭임은 모종의 연대. 나는 아무래도 윤리 쪽이지만 착

한 사람들이 착한

　사람들끼리 착하게 사는 게

　윤리라는

　요즘의 유행 불길하다. 화자도 주객도 없이 오로지 인간
은 못된 종자다, 그

　합의의 소산인 윤리에 착한 윤리라니.

　스스로 동원당한 동원령 같다. 마르크스 노동가치설부터
나는 아무래도

　윤리 쪽이지만 마르크스 노동가치설부터 숫자의

　착한 윤리가 문제다. 노동이 노동을 낳는 이야기가 돈이
돈을 낳는 상상력에

　(아직) 꿀린다는 거지.

　모종의 한바퀴 돌았으니 거꾸로

　내밀한 창조 과정을 들여다보는 것이지만

　미드 「본즈」 시즌 6 제4화 '어린이 과학쇼'가 시작되면
노숙한 노숙인이 쓰레기통

　베이컨 냄새에 코를 들이밀다 찾아낸 시체가 있고 뼈만

남은 뼈에서 범인을 찾아

내는 섹시한 여자 법인류학자 있고 FBI 파견 저격수 출신 섹시한 남자 요원 있다.

연애가 있고 대사가 있다.

　—(여자) 난 완전범죄가 가능해.

　—(남자) 어떻게……?

　—(여자) 뼈까지 없애 아예 존재를 절멸시켜버리면 되지.

　—(남자) ………

　—(여자) 죽은 결과가 없는데 죽음이 있나?

　—(남자) ………

　—(여자) 몰래 묻어놓은 거 자체가 없는데야……

내가 설령 자백을 한단들 법적으로는 실종전담반도 아무 소용이 없지.

　—(남자) ………

　—(여자) ………

　—(남자) 꼭 그렇게까지 해서 살인을 해야겠어……?

무언은 훨씬 전부터 있었다. 농담한테 잠시라도 진담 될 틈을 주면

안되지. 때론 완벽 때문에도 윤리가 필요하다.

지젝(Slavoj Žižek, 1949~   ), 소비에트 멸망 직전

체코슬로바키아 국민들이 가장 행복했다고 했나?* 행복이

마음에 달렸다고? 지금은 마르크스 죽은 시대지 틀린 시대

아니고(죽은 사람이 어떻게 틀리나?) 당신 행복론 정말

현대의 전통서정시처럼 들린다. 짜증과 화를 부르는

착한 윤리지.

중력의 슬픔 가벼워지지 않았다. 행복의 가상현실 바깥에서

망한 소비에트 지금

가장 무거운 사회적 슬픔의 중력이다. 물자 결핍,

주의를 결핍시키지 않고 온통 빨아들이는 블랙홀 따로

없고 책임 당,

　인민을 게으르게 만드는 데만 충실했고 선망,

　잔당의 울화의 알코올릭을 부른다. 인간이 만든 것은 극복될 뿐

　타도되기 힘들다. 그게 인간 예의고 윤리고 인간의

　슬픔은 말할 것도 없다. 손바닥만한 중력이 있나, 평생 한번 이상 천인

　공노할 수 있나, 사사건건 나라가 저질러질 수 있나?

　'너머'는 거푸집의 육화.

　드러난 애환의 환이 다시 숨어드는, 애와 환의,

　둘 다 흐려짐.

　음(音) 하나도 영롱하게 흐려진다.

　지젝, 여기는 구한말

　빗발치는 유림 상소에서 인터넷 네티즌 댓글까지 왔다.

　정치인 박원순에서 정치판에 뛰어들지 않는 게 정치인

　안철수까지 왔다. 아깝지. 비극이고.

　죽음은 노동자의 그것에서 대통령까지, 운동은 문상에서

국장까지 왔다.

변호사 레닌에서 강남 좌파까지 왔다. 독설은 끝까지

망가지지 않으려고 독설이다. 대중 추수의 대중 학살자,

스탈린에서 천박이 소통인 Twit, twit, twitter까지 왔다.

시사와 역사 사이

남민전에서 한나라당 이재오, 한나라당에서 민주당 손

학규

까지 왔다.

이 도착이 길일지 그들 여생은 물론 내 여생으로도 알 수

없다.

다만 역사 발전은 슬픔을 극복한

이면이거나

종류.

명랑하고 발랄하고 거뜬한 쪽으로만 발전한다.

어감이 갈수록 보책 닮아가는 지젝. 나는 이제

개그콘서트 시청할 시간이다. 말의 모순이지만, 포스트

모더니즘의

걸작. 웃음이 본의 아니게 무겁지 않고 중력의

거푸집인 일상의

무게로 가볍거든. 미리 망가진 웃음이 망가뜨리며 다시
망가지고

나가수가 다가수고 나꼼수가 다꼼수고 정치가 정치판인
두 겹

도로(徒勞)가, 가까스로, 게다가 아주 잠깐씩, 없다.

지젝 혹은 보첵,

당신이 좋아한다는, 심지어 당신의 희망을 본다는

남한은 매일매일

있은 적 없는 소비에트가, 해본 적 없는 혁명이

백주대낮에 여러번

반복해서 망하고 있는,

그러나, 그러므로만 있는

복수형 없는

그후다.

*지젝이 제시한 행복의 근거는 세가지다. 1. 상품의 적당 주기 결핍으로 물자의 소중함을 알았고, 2. 모든 책임을 떠넘길 수 있는 타자로서 당(黨)이 있었고, 3. 동경의 대상인 서양이 있었다.

어둠 속의 거푸집

황현산

1

　김정환의 몇번째 시집일까. 제목을 적어보다가 그만둔다. 아무튼 세권의 대작 장편시를 발표한 뒤로는 첫번째 시집이다. 그런데 죽음의 시집이다. 전체 4부로 된 시집에서, 일곱개의 죽음의 시를 거느린「이것들이 인간 죽음에 간섭」뿐만 아니라「국광(國光)과 정전(停電)」「장모 승천」이 모두 죽음의 시이며, 제4부의 장시「전집의 역전」이 들추어내는 인물들은 첫머리의 셰이머스 히니를 제외한다면, 필립 라킨, 박완서, 실비아 플라스 같은 문인들이나 김근태, 김대중 같은 정치가들이 모두 저세상 사람들이다. 다른 시라고 해서 죽음과 무관한 것은 아니다. 문명세계와 무명세계를 사다리도 없이 한달음에 오고 가는, 또는 양손에 하나씩 쥐고 있는 이 시집에서 독서를 안내하는 두 개념은 음악과 디자인인데, 그 밑바닥에는 늘 죽음 같은 어둠이 있고, 그때마다 시인 그 자신의 죽음이 일종의 구원처럼, 아니 가장 신뢰해야 할 전망처럼 암시된다. 시집의 「서시」에서 시인은 "민주주의"에게 "이제는 너를 향한 절규"도 아니고, "목전의 전율"로 충전된 "획일적 이빨"도 아니라는 말로 시작해서 음악이 없이도 "음악의 몸"이 되고 연주하지 않는 음악이 귀로 듣는 것보다 더 깊이 들어와 있는 어떤 상태를 기술한다. 민주주의를 향해 절규하던 그 빛나는 청춘을 포함해서 그가 살아온 세월의 대부분을 차지하는 저 20세기 후반이 계몽과 이성의 처절한 시대였던 점을 상기한다면, 이 죽음의 전망은 또다시 복잡하다. 반계몽주의를 말할 수도 있고, 죽음에 이르기까지 계몽되려는 어떤 정신을 상상할 수도 있다.

계몽이라고 말하면 이광수를 생각하고 『흙』 같은 소설을 떠올리기 쉽지만, 이광수는 또한 소설 깊숙이 연애를 끌어들였다. 연애의 열정은 민족개조의 기획만큼이나 단순한 것일지 모른다. 그러나 그 열정의 인간까지 단순한 것은 아니다. 저 무지개 같고 바람 같은 사랑의 세계와 벌레 같고 야수 같은 저 자신을 어디서 만나게 할 것인가. 그는 제가 누구인지 묻지 않을 수 없다. 제가 자기인 것은 알겠는데

147

어디까지가 자기인가. 제 안에 있는 것은 모두 자기인가. 제 생각은 모두 자기 생각인가. 나는 살아 있는가. 내가 살아 있다면 이 무거운 몸은 무엇인가. 내가 살아 있다면 요원의 불길처럼 항상 타오르지 않는 이 정신은 무엇인가. 내가 살아 있다면 이 몸으로 살아 있을 텐데, 이 몸은 왜 죽음처럼 나를 구속하는가. 저 빛나는 삶으로 옮겨가려면 이 몸의 죽음으로만 가능한 것이 아닐까. 그때에도 나는 살아 있는 것일까. 연애하는 계몽주의자는 자아를 발견하는데, 자아는 이렇듯 혼란스럽다. 그러나 연애하지 않는 계몽주의자라고 해서 다를 수는 없을 것이다. 계몽은 빛이 있다는 것이 아니라 빛에 눈을 뜨거나 뜨게 한다는 것이고, 빛은 만인의 것이지만 눈뜨는 것은 개인이다. 나는 왜 생겨나와 이 빛을 보는가, 눈뜨는 자는 묻지 않을 수 없다. 사실 자아가 문학에서 문젯거리가 되기 시작한 것은 계몽주의 시대다. 루소가 교육소설『에밀』을 쓸 때, 그는 머리끝에서 발끝까지 투명한 인간을 길러낼 수 있다는 자신감에 차 있는 듯하지만, 이미『신 엘로이즈』에서 연애하는 인간에게는 투명한 사회가 불가능하다는 것을 고백한 뒤였다. 디드로는『라모의 조카』에서 '라모의 조카'처럼 설명이 불가능한 인간 앞에서 철학이 무슨 소용인가를 연애하는 인간처럼 자문한다. 디드로가 인간을 기계라고 말할 때는 진흙 형상에 영혼을 불어넣은 것 같은 그런 단순한 존재가 인간일 수 없다는 뜻도 그 말에 포함된다. 아니, 진흙은 얼마나 불투명하며, 밝은 영혼의 크고 작은 가닥을 낱낱이 흔적도 없이 감추어버린 그 불투명이 얼마나 거대하고 유구한가를 묻는 의문이 그 말에 포함된다. 한 시대의 빛나는 날개였던 그들이 죽은 후 불투명한 것들이 세상을 바꾸었지만, 불투명함이 투명함으로 바뀐 것이 아니었다. 불투명함은 불투명한 그대로 다른 세상으로 굴러갔다.

　김정환이 시 「독수리」를 다음과 같은 말로 시작할 때,

　　잘난 사람들은 모른다
　　내 날개가 바로 어깻죽지의
　　운명이라는 것을.
　　날아오르는 날개는 없다.
　　내 무게보다 더 무거운 어떤
　　떠받침이 있을 뿐.
　　숭배보다 더한
　　그 무엇이 있을 뿐.

이 말을 들어야 하는 사람들 속에는 "잘난 사람들"뿐만 아니라, 젊은 날 빛나는 날개였던 그 자신도 물론 포함될 것이다. 그동안 김정환은 여러 장르의 문학을 비롯하여 역사와 음악과 미술에 걸쳐 백여권의 책을 저술하면서, "날개"

와 "어깻죽지" 사이, 자신과 자신보다 "더 무거운 어떤 떠받침" 사이를 자주 넘나들었다. 그에게서 날개는 그 날개의 양력인 저 떠받침의 상당 부분을 제 안에 끌어들였다고 믿어야 할 이유가 많다. 그는 우리 시대의 지성계를 압도할 만한 지식을 지녔을 뿐만 아니라 그 지식이 한꺼번에 살아 움직이게 하는 비범한 능력을 지녔다. 그러나 아무리 튼튼하고 기민한 날개라도 그것을 움직이게 하는 것은 그보다 더 무거운 양력이다. 어떤 경우에도 날개를 움직이는 것은 어깻죽지이고 그것을 움직이게 하는 것은 "숭배보다 더한" 어떤 것이다. 김정환이 초월주의자처럼 말하는 것은 물론 아니다. 독수리가 "짐승의 시체를 파먹"을 때, 그 "날개가 느끼는 것은" 이 세상에 있던 것들, 여전히 있을 것들, "유가족 집단의, 집단적인 위의(威儀)", 다시 말해서 장엄하거나 미미하게 나타났다가 요란하거나 흔적 없이 스러진 인간 집단들의 좌절된 희망이며 그 역사의 엄숙함이다. 그러나 어떻게 산 자에게 죽은 자들의 위의가 밀물처럼 가득하게 솟아오르고, 죽은 자들이 어떻게 산 자들의 맥박으로 지금 이 자리에서 살아 움직이게 할 것인가.

산 귀 속 슬픈 노래와
죽은 귀 속으로
살아남는 선율의.

그 사이 벽의.

그 벽인 나의.

꿈 언저리 머나먼

가족의 악몽의.

   그 사이를 가르는 엄연한 벽은 시인의 무거운 몸이 아니라 오히려 날개가 되어 치솟아오르려는 그의 정신이다. 그러나 날개는 '느낀다'. 시집은 죽은 자들과 산 자가, 정신과 몸이, 투명한 것과 불투명한 것이 그 분별을 지우는 어떤 음악의 '거푸집'을 디자인하려는 육체적 수행의 기록이며, 그 음악을 듣는, 또는 그 음악 속으로 들어가는 어떤 특별한 순간의 보고서이다.

   육체적 수행은 우선 죽음에 관한 성찰이다. 시 「이것들이 인간 죽음에 간섭」은 일곱편의 시로 구성되어 있다. "모기"와 "거미"가 간섭하고, "LP 음반"과 "수의 역사"가 각기 "마땅히" 그리고 "역사적으로" 간섭하며, "간장게장 게"가 "자네라 부르며" 친구처럼 간섭한 뒤에 "매김씨"가 "전략적으로"(이것 참!) 간섭한다. 그리고 마지막으로 "늙은 몸"이 나와서 "뒤늦고 주제넘게" 간섭한다. 이 간섭자들을 의미론의 그물망으로 연결시킬 수 있는 것은 다양한 시간과 다양한 공간에서 온갖 형식의 죽음이 온갖 방식으로 돌발하거나 스며든다는 사실뿐이다. 모기는 찢어발겨지는 육체가 정신을 잃는 "이상한 장소 이상한 시간" 곧 삶과 죽음의 불안한 갈림길에 관해 말한다. 거미는 기억에 관해 말한다. 그에게 죽음은 의식적인 기억과 무의식적인 기억을 모두 풀어내어 집을 짓고 삶을 설계함으로써 죽은 자들의 죽은 기억으로 이 삶을 엮는 일이지만, '설계된 것'이 신비로운 죽음의 세계를 다 드러낼 수는 없다. 오히려 거미줄에 스치는 바람 소리의 연주가 그 신비에 더 가깝다. 그래서 "마땅히" LP 음반이 간섭한다. 음악의 시간에는, 삶과 죽음이 혼례를 치른다기보다 처음부터 한 몸인, "검은 바다" 같은 공간이 있다. 시인이 제 몸을 "검은 명백"으로 만들며 빨아들이고 흘려보내는 낱말에 더 보탤 말은 없다. 한 대목을 인용하는 것으로 그치자.

음악 얘기도 아니지. 음악의 바깥이 끊기고 내부만 남아
가장 공간적인 모양으로 가장 시간적인 것의
시치미를 떼는 그것. 도무지 그전과 그후가 없는
(죽음 그후라면 모를까) 그것. 블랙홀이
빅뱅 이후이자 이전이라는 주장의
현현인 그것. 솔깃 아니라 검음의 아우성 귀를
빨아들일 것 같은
태도와 자세의 그것. 빅뱅을 이야기로 블랙홀을
에세이로 바꿔도 사정이 비슷한 그것. 안팎은

서로 낯선 채 시답잖은 예상이 너무 맞아떨어져
불길한 새해 첫날 언저리를 닮으면서도
아름다움은 내용을 극복하는 형식의 조화다……
그 전언 검은 명백인 그것.

음악이 이렇게 죽음과 삶의 종합이라면, "수의 역사"는
분석의 역사다. 수는 세상을 세부까지 측정하고, 감정의 높
낮이를 계량화하고, 그 자신의 추상적 기능마저 해체하여
디지털 시대를 열었다. 수는 탐식하는 죽음이다. 우리가 사
멸한 뒤에도 "수는 우주의 언어로 남"겠지만, 우주의 신비
는 여전히 그 밖에 있다. 저 신비 앞에서 시가 뒤돌아보는
일도 있을까. 간장게장 게의 간섭은 죽음론이라기보다는
오히려 생명론으로 들리기도 한다. 생명의 세계에서는 살
이 살을 먹는다. "먹는" 살이면서 "먹히는" 살인 간장게장
은 자신이 들어 있는 검은 간장 바다를 "죽음의 천국"이라
고까지 생각하려 하며, 죽음과 삶에 구별이 없다고 넌지시
말한다. 죽음은 비균질의 생명현상을 균질적 질서로 통합
하는 계기처럼 나타난다. 그러나 이 불이(不二)의 생명현상
은 조화롭기보다는 비극적인데, 그것은 하나이며 각각인
생명이 불이의 그물망에 포섭되면서도 그 단계마다 아상
(我相)과 수자상(壽者相)에 얽매여 조화를 깨뜨리기 때문이
다. 전체 생명의 원융이 개별 생명에서 완전히 실현될 때에

야 삶의 명징은 죽음의 신비를 아우를 것이다. 이어서 매김씨가, 그것도 "전략적으로" 간섭한다. 골목에서 구멍가게 하나를 보았다.

> 사이다에 어울리는 크라운 산도나 미루꾸, 누가 정도고
> 고급이라고는 기껏해야 연양갱 껍질 벗긴 윤기 나는
> 검음일 것 같은

구멍가게 앞에서, 매김씨 하나를 발음하던 시인의 말문이 막힌다. 근근이 사는 삶이 거기 있는데, 근근이 이어지는 생명은 죽음을 모른다. 매김씨, 곧 관형사는 형용사와 비슷하나 형용사처럼 활용되지 않는다. 껍질에 싸인 땅콩처럼 죽음의 외곽에 포박된 삶은 죽음과 만나지 못한다. 삶은 삶이고 죽음은 죽음이어서, 삶에는 늘품이 없고 죽음에는 신비가 없다. "전략적으로"는 '죽음을 걸고'라는 뜻이겠고, 여전히 운동가인 한 시인의 죽음론이 그렇겠다. 그 시인이 늙어간다. 그래서 늙은 몸이 마지막으로 나타나 "주제넘게" 간섭한다. "늙은 몸은 간간이 늙은 몸속이다." 늙은 몸은 존재의 무덤이라는 말이지만, 늙은 몸이 가장 투명한 몸이라는 것을 늙어가는 사람은 안다. 세상살이라고 하는 오랜 훈련 끝에 난폭한 육체는 정신이 되고, 정신은 손톱 끝까지 육체 속에 낱낱이 스며들어가 그 불투명한 어둠을 들어올린다.

늙은 몸은 번번이 늙은 몸속이고
그게 소리다.
내 몸은 돌과 청동, 그리고 무쇠
상상력의
소리인 유리
의 소리.

죽음이 늙은 몸에 고전주의적 형식을 만들어주기에, 사
실은 형식의 기억을 남겨놓기에, 그 몸은 어떤 추상적 개념
처럼 단단하고, 유리처럼 투명하다. 죽음과 삶이, 어둠과 밝
음이 만나는 몸은 저 빛나는 날개와 "숭배보다 더한" 어떤
불투명한 떠받침이 원용하는 세계의 알레고리와 다르지 않
다. 어둠 속에는 소리가 있다. 어둠 속의 얼굴 없는 것들이
휴식을 취한 적은 한번도 없다. 늙은 몸속의 수행이 그렇다.

2

정환에게.
여기까지 쓰고 나니 다른 말로 뒤를 잇고 싶지 않다. 네
시집 원고를 두번 세번 읽으며 정리해두었던 생각들이 좀

처럼 문장을 타려 하지 않는구나. 너도 알다시피 평문을 쓰는 사람이 밝은 시에 어둠을 덧붙이는 일이야 쉽지만, 준동하는 어둠을 밝은 자리로 끌어낼 때는 늘 죄의식 같은 것을 느끼게 마련이지. 어깻죽지 아래 무거운 떠받침이 거기 있는데, 어쭙잖은 날개가 되어야 하는 처지 말이다. 그러나 실은 네게 전화를 걸어 "타개지다"가 무슨 말이냐고 물었을 때부터 이미 편지로 이 글을 마무리할 작정이었다.

「국광(國光)과 정전(停電)」, 그 짧은 시, 참 좋다. 소풍 가는 날에 한개쯤 먹었던 국광, 그 국광이 이제 생각하니 '國光'이었구나. 추운 겨울날 손등 트듯이 '타개지는' 것이 그 '나라의 빛' 껍질이었지. 그 국광이 사라지고, '타개지다'라는 말도 사라지고, 우리 삶에 껍질로만 남았으니, 그게 정전이구나. 너나 나나 부모님들 돌아가실 때, 어두운 골목 없어지고 나라의 빛 같은 것도 없어졌으니 그게 정전이구나. 이제는 "저물녘"에 밥 먹어라, "아이 부르는 소리"도 없고, 식구들 모두 둘러앉는 밥상도 없고, 내 나라 밝아져서 별빛도 금잔화도 보이지 않는 밤이 되고.

네가 가끔 이런 시를 쓸 때는 내가 좀 당황한다. 나는 늘 네가 강철이라고 생각하니까. 나는 작은 일에도 눈물 글썽이고 하찮은 일에 치를 떠는데, 나보다 아홉살이나 적은 너는 늘 입 다물고 담담하지. 「조각의 언어」에서 너는 마치 나를 나무라듯 말하더구나. "흐르는 음악에서 건축인 음향을 뺀다면" 다음에 괄호 치고 "그러니까 당신, 너무 덜컹대면 곤란하지. 무너진다"고 경고했지. 나는 덜컹대지 않을 자신이 없다. 그러니 너처럼 음악을 제대로 듣지도 못하고, 선율에 생각을 실을 줄도 모르지. 그러나 또 하나의 괄호 속 경고, "그러니까 당신, 너무 토라지면 곤란하지. 등 돌리면 평면은 아무리 깊어도 표정이 될 수 없다", 이건 자신있다. 눈 맞추는 것이야 무슨 훈련이 필요한 것은 아니니까. 비평도 해설도 혼자 표정 만들고 눈 맞추며 쓰지. "말씀의 생애가 펼쳐지기도 전에 말씀의 육체가 에로틱하다"는 말이 그래서 더 잘 이해되기도 한다. 생각이 말이 되고, 말이 현실이 되는 순간보다 더 에로틱한 순간이 어디 있겠느냐. 그런데 나는 그게 또 문제다.

그렇게 생명은 생명의 가상현실을 벗고
서로의 손은 서로의 그릇 너머 벌써
거푸집이다

라는 말로 너는 시를 마무리하는데, 늘 감각에 의지하는 나는 꺼져버릴 이 생명이 현실 같고, 그 생명의 그릇 너머에서 벌써 만들어지는 형식—거푸집이 가상현실로만 느껴지지. 아니 꼭 그런 것은 아니고, "대낮보다 더 깊은 세월의" 어두운 바다에서 거푸집이 하나 오롯이 일어선다는 것은 알지만, 어둠은 어둡기만 한 것이 아니라 느리기도 한 것이어서 안달하는 마음을 누르기 어렵다는 말이다. 너는 시집의 마지막 시 「보유: 착한 윤리와 시의 시사(時事)」에서 "인간이 만든 것은 극복될 뿐 타도되기 힘들다"라고 말하는데, 그 극복을 위해서는 얼마나 많은 어둠을 건너가야 하고 얼마나 많은 어둠이 움직여야 하는지. 시대가 시대니만큼 테제의 실천이 그만큼 어렵다고 말해야겠다. 하긴 타도의 울분은 가깝고 극복의 용기는 먼데, 아득한 용기밖에는 다른 선택이 불가능한 시대가 되었으니, 이것도 한 시절의 은덕이라고 해야 할지 모르겠다.

내가 늙는 것은 괜찮아도 네가 늙은 것은 슬프다. 그래도 우리는 여러 곡절을 살았다. 세상 많이 변했고, 많은 사람이 세상을 떠났다. 죽어서 한권의 전집이 된 사람도 있고, 몇개의 단편소설로 마감한 사람들도 있다. 그러나 모두 '유가족의 위의'가 된 것은 틀림없다. 「귀」의 저 "가는 비"가 그렇듯 우리가 "세상의 귀"가 될 때만 전집이 전집이고, 위의가 위의일 것이라고 나도 너처럼 믿는다.

그리고 정환아,

시집이 출간되거든 반드시 치과에 가거라. 늙어가는 몸보다 더 소중한 몸이 어디 있겠으며, 고쳐 쓰는 몸보다 더 투명한 몸이 어디 있겠니.

黃鉉産 | 문학평론가

『순금의 기억』이후 17년 만인가. 창비, 안녕? 대체로, promenade, 발표순을 따랐다.

2013년 5월

김정환

창비시선 361

거푸집 연주

초판 1쇄 발행 / 2013년 5월 15일

지은이 / 김정환
펴낸이 / 강일우
책임편집 / 이상술
펴낸곳 / (주)창비
등록 / 1986년 8월 5일 제85호
주소 / 413-120 경기도 파주시 회동길 184
전화 / 031-955-3333
팩시밀리 / 영업 031-955-3399 편집 031-955-3400
홈페이지 / www.changbi.com
전자우편 / lit@changbi.com

ⓒ 김정환 2013
ISBN 978-89-364-2361-2 03810